Verbotene Liebe

Gaby Schuster

Die schönsten Lovestorys

Band 1

Dino

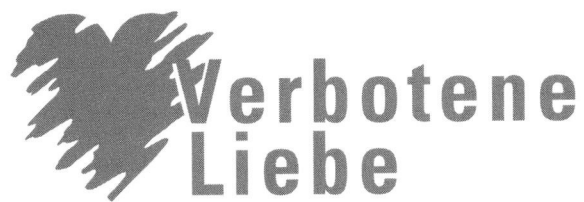

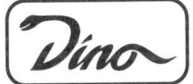

Die Deutsche Bibliothek – CIP-Einheitsaufnahme

Ein Titeldatensatz für diese Publikation ist bei der Deutschen Bibliothek erhältlich.

*Dieses Buch wurde auf chlorfreiem,
umweltfreundlich hergestelltem
Papier gedruckt.*

In neuer Rechtschreibung.

© 2000 by Dino entertainment AG, Rotebühlstraße 87, 70178 Stuttgart
Alle Rechte vorbehalten
Das Buch wurde auf Grundlage der Serie „Verbotene Liebe" verfasst.
© 2000 ARD-Werbung
Mit freundlicher Genehmigung der Programmdirektion
Erstes Deutsches Fernsehen, München und
Grundy UFA TV Produktions GmbH, Köln
Fotos:
ARD/Frank Dicks: S. 11, 16, 19, 24, 26, 31, 57, 61, 63, 65, 67, 73, 77, 101, 107, 119, 121, 124, 126, 128, 130, 134, 139, 141, 144, 152, 162, 177, 190
ARD/Anja Glitsch: Titelfoto, S. 98, 114, 200, 209, 211, 214, 215, 217, 222, 230, 235
Umschlaggestaltung: tab werbung GmbH/Nina Ottow, Stuttgart
Satz: Greiner & Reichel, Köln
Druck: Graphischer Großbetrieb GmbH, Pößneck
ISBN: 3-89748-220-7

Dino entertainment AG im Internet: www.dinoAG.de
Bücher – Magazine – Comics

Inhalt

Kati von Sterneck & *Heino Toppe*

7

Milli Sander & *Ulli Prozeski*

65

Henning von Anstetten & *Carolin Odenthal*

116

Gabriella Santos & *Daniel Fritzsche*

177

Kati von Sterneck & *Heino Toppe*

Wenn Kati von Sterneck Schloss Friedenau verlässt und Düsseldorf unsicher macht, taucht sie garantiert früher oder später im „no limits" auf. Ihre Lieblingskneipe hat jedoch seit einiger Zeit einen schweren Nachteil. Heino Toppe jobbt hinter dem Tresen! Heino und seine Prolo-Sprüche gehen Kati tierisch auf den Nerv. Um sich zu rächen, reibt sie ihm bei jeder Gelegenheit unter die Nase, dass er aus einfachsten Verhältnissen stammt. Im Grunde hat er es nur Patrick und seinem Jugendprogramm zu verdanken, dass er im letzten Moment die Kurve nehmen konnte und nicht im Gefängnis gelandet ist.

Bei diesem Jugendprogramm haben sie sich kennen gelernt. Kati musste in der Arbeitsgruppe ihre Noten für das Abi aufpolieren und ihre Freundin Jackie hatte schon damals eine Schwäche für den jungen katholischen Priester, der das Team leitete. Inzwischen ist Patrick Brockmann kein Priester mehr, sondern Jackies Freund. Wenn Kati die beiden zusammen sieht, hat sie noch immer ein bisschen mit ihrem Neid zu kämpfen.

Zum einen, weil sie selbst einmal sehr in Patrick verliebt war. Zum anderen, weil es ätzend ist, anderen beim Schmusen zuzusehen, während man selbst die Solo-Kugel schiebt.

Ihren Frust lädt sie am liebsten bei Heino ab. So wie heute. „Jede Wette, dass du nicht mal richtig mit Messer und Gabel umgehen kannst!", provoziert sie ihn biestig.

„Soll ich's dir beweisen?" Heino hat inzwischen Übung darin, Kati ordentlich Bescheid zu geben, wenn sie das hochnäsige Fräulein von Sterneck spielt.

„Wie denn? Soll ich dich vielleicht zu einem Fünf-Gänge-Menü einladen?" Kati sieht Heino förmlich vor sich, wie er mit Besteck und Gläsern kämpft und die Fingerschale für eine Gemüsesuppe hält.

„Keine schlechte Idee!" Heino grinst bis hinter beide Ohren. „Lass uns doch wetten, dass ich tischsittenmäßig top bin. Wenn ich gewinne, verbringst du einen ganzen Tag mit mir. Wenn ich verliere, lasse ich dich für immer in Frieden!"

Diesem Angebot kann Kati nicht widerstehen. Der Gedanke Heino loszuwerden, ist zu verführerisch. Sie hat die Nase voll von seiner ständigen Anmache und ihr ist jedes Mittel recht, um ihn endlich loszuwerden. Dass er ihr dabei auch noch in die Hände spielt, ist einfach Glück. Sie wird ihm die Suppe schon versalzen! „Morgen Mittag auf Schloss Friedenau! Und sei bitte pünktlich!"

Siegessicher rauscht sie davon. Aber Heino kennt seine Schwächen und er weiß sich zu helfen. Wozu hat er Kumpel, die einen In-Laden wie das „Kontur" betreiben? Hier gibt es nicht nur die ausgeflippteste Mode zu kaufen, sondern auch die dazu passenden Luxus-Snacks für betuchte Promis.
Ulli Prozeski, dem die Edel-Boutique gemeinsam mit seinem Bruder Nick gehört, grinst sich eins. Er gibt Heino geduldig Nachhilfestunde in Tischsitten und feinem Benehmen. Wenn es um Kati von Sterneck geht, ist seinem Freund keine Mühe zu groß.
„Im Grunde ist sie das einzige Mädchen, das mich echt interessiert", gesteht er Ulli verlegen.
„Tja, dann solltest du vielleicht auch was für dein Outfit tun ...", schlägt Ulli vor.
Kati staunt nicht schlecht, als Heino am nächsten Mittag in dunklem Anzug und mit modischer Krawatte in Friedenau auftaucht. Bisher kennt sie ihn nur in Shirts und Lederjacke. Der feine Zwirn verwandelt ihn völlig. Aber das ist nicht die einzige Überraschung, die er ihr bereitet. Unter der scharfen Aufsicht seiner Wettpartnerin und eines neutralen Beobachters aus der Dienerschaft von Friedenau kämpft sich Heino stilecht durch das Nobelmenü. Logisch, dass Kati absichtlich die kompliziertesten Speisen ausgewählt hat ...
Aber Heino kleckert weder mit der Suppe, noch verwendet er die Serviette zum Schuhe putzen. Er

verwechselt keine Gläser und isst sogar die Wachteln, die sie gemeinerweise als Hauptgang servieren lässt, genau nach Vorschrift mit den Fingern. Dabei hätte sie geschworen, dass er von solchen Finessen keine Ahnung hat. Kati wird mit jedem Bissen frustrierter und als Heino sie am Ende triumphierend angrinst, hat sie Mühe nicht vor lauter Wut zu kreischen. Sie hasst es zu verlieren!

„Und wie soll's jetzt weitergehen?", erkundigt sie sich ziemlich muffig, weil sie ihm den errungenen Sieg nicht streitig machen kann.

„Lass dich überraschen!" Heino schwankt zwischen Genugtuung und Schadenfreude. „Am besten holst du mich später mit deinem Auto in der Kneipe ab!"

Auch das noch! Soll sie vielleicht den Chauffeur für diesen Schwachkopf spielen? Als Kati ihrer Freundin Jackie im „no limits" von dem Reinfall berichtet, hat sie sich immer noch nicht beruhigt. „Wer hätte denn gedacht, dass dieser Neandertaler Tischsitten besitzt?", jammert sie.

„Hör mal, du tust Heino Unrecht", versucht Jackie das arme Opfer zu verteidigen. „Er ist doch kein Monster! Außerdem zwingt dich niemand die Wette einzulösen, wenn es dir so grässlich ist! Denk dir eine Ausrede aus! Dir fällt doch sonst immer was ein!"

Kati lehnt kategorisch ab. Wenn sie jetzt kneift, gibt sie sich eine Blöße. Und eine Blöße vor Heino Toppe, das kommt wirklich nicht in Frage! Dennoch findet sie einen Ausweg. Sie hat ja nicht versprochen, diesen verflixten Tag ganz alleine mit Heino zu verbringen. Wer weiß, was der vorhat. Am Ende zerrt er sie noch auf irgendeinen Waldweg, um sie zu begrabschen! Jackie und ihr Freund Patrick sollen mitfahren! Wenn sie zu viert sind, muss er die Finger von ihr lassen!

„Du bist total verrückt!", sträubt sich Jackie, aber am Ende gibt sie doch nach. Man kann Kati eben nur schwer widersprechen. Sie beherrscht es perfekt, einen einfach zu überrollen.

Heino ist total frustriert, als er entdeckt, dass Kati seinen so heiß erkämpften Gewinn in einen „Cliquen-

Heino stellt sich diesen Nachmittag ganz anders vor. Muss Kati unbedingt Jackie und Patrick mitschleppen?

ausflug" verwandelt hat. Dabei hat er sich so große Mühe gegeben, die teuren Karten für das piekfeine Varieté mit anschließendem Feinschmecker-Diner zu organisieren. Ganz zu schweigen von dem speziellen Geschenk, das er Kati überreichen wollte. Unter diesen Umständen wird er ihr weder das eine noch das andere geben. Womöglich lacht sie ihn aus, wenn sie begreift, wie wichtig ihm dieser Date gewesen ist.

Zur Krönung des misslungenen Events geht ihnen auch noch mitten in der Pampa das Benzin aus. Patrick, dem die miese Stimmung ohnehin auf den Magen schlägt, spielt den rettenden Engel. Er macht sich mit dem Reservekanister auf die Suche nach der nächsten Tankstelle. Lieber nachts die Landstraße entlang laufen, als zuzusehen wie Heino leidet, während die beiden Mädchen albern herumkichern.

Obwohl Heino sich geschworen hat, Kati glatt abtropfen zu lassen, platzt ihm am Ende doch der Kragen bei ihrem kindischen Getue. Auch wenn er sie noch so süß findet, er wird nicht länger den Idioten für sie spielen!

„Du denkst wohl, du kannst alles mit mir machen, nur weil ich kein feiner Pinkel bin und dankbar sein muss, wenn ein Fräulein von Sterneck mich überhaupt zur Kenntnis nimmt!", sagt er ihr auf den Kopf zu.

Kati schnappt verblüfft nach Luft. Sie tauscht einen eingeschüchterten Blick mit Jackie, die allerdings ohnehin auf Heinos Seite ist. Wenn sie jetzt das Falsche sagt, setzt sie sich noch mehr ins Unrecht. Dabei weiß sie inzwischen längst, dass sie über das Ziel hinaus geschossen ist. Besser sie hält ausnahmsweise einmal den Mund.

Das Schweigen zieht sich in die Länge wie ein alter Kaugummi, bis Jackie endlich Mitleid mit ihnen hat. „Patrick müsste doch längst zurück sein. Wo bleibt er bloß?"

„Vielleicht hat er keine Kohle dabei und muss erst mal für zehn Liter Benzin Auto waschen", versucht Heino einen Witz. Als er jedoch merkt, dass Jackie sich tatsächlich Sorgen um ihren Freund macht, findet er einen Ausweg, der ihnen allen hilft. „Gehen wir ihm doch entgegen!"

Das Lachen vergeht allen Dreien endgültig, als sie zuerst den leeren Benzinkanister und dann den verletzten Patrick finden. Er ist von einem Auto angefahren worden, dessen Fahrer sich einfach aus dem Staub gemacht hat, ohne sich um den Verletzten zu kümmern. Heino behält als Einziger die Nerven und den Überblick.

„Los, ruf die Polizei an und den Notarzt!", befiehlt er Kati knapp. „Wofür hast du ein Handy?"

Dann kümmert er sich wie ein Profi um Patrick, der zwar bei Bewusstsein ist, aber vor Schmerzen stöhnt. Er lagert ihn vorschriftsmäßig und zieht seine eigene Jacke aus, damit er sie als Kopfstütze für den Verletzten verwenden kann. Er scheint genau zu wissen, was er tun muss und seine Sicherheit überträgt sich auch auf die aufgeregten Mädchen.

Kati gehorcht ohne Widerrede und wenig später tauchen Polizei und Sanitäter am Unfallort auf. Wie es aussieht hat Patrick neben schweren Prellungen auch einen Beinbruch. Über mögliche innere Verletzungen wird erst eine Röntgenaufnahme Klarheit schaffen können.

So hat sich keiner von ihnen den Ausgang dieses ohnehin ziemlich missglückten Ausfluges vorgestellt. Bedrückt und schweigsam landen Kati und Heino wieder im „no limits", während Jackie ihren Freund natürlich ins Krankenhaus begleitet.

Kati macht sich die schlimmsten Vorwürfe. Hätte sie nicht darauf bestanden, dass die beiden mitkommen, wäre Patrick nie diesem blöden Autofahrer vor die Stoßstange gelaufen. Trotzdem fällt es ihr schwer, ihre Fehler zuzugeben. Sie versucht sich bei Heino zu entschuldigen, indem sie ihn im „no limits" ungewohnt schüchtern zu einem Drink einlädt.

„Kein Bedarf!", lehnt Heino knapp ab.

Ihn haben die Ereignisse ebenfalls hart getroffen. Ähnlich wie Kati kommt es ihm vor, als habe er den Unfall durch sein Verhalten provoziert. Und ausgerechnet Patrick ist dabei verletzt worden. Patrick, dem er so dankbar ist und der jetzt sein einziger echter Freund ist. Seine Reue geht so tief, dass er sich selbst dafür bestrafen möchte. Und was tut schon weher, als für immer jede Hoffnung auf Kati fahren zu lassen?

„Ich habe meine Wette zwar gewonnen, aber ich werde dich trotzdem nicht mehr mit meiner Gegenwart belästigen!", erklärt er also tapfer.

Kati starrt ihn geschockt an. Seltsamerweise hat sie trotz allem nicht damit gerechnet, dass er so konsequent sein könnte. Liegt ihm etwa gar nichts mehr an ihr? Warum hat er den ganzen Zirkus inszeniert, wenn er jetzt so einfach ENDE sagt und sie ansieht, als wäre sie ein vergessenes Kaugummipapier, das jemand auf der Theke vom „no limits" unrechtmäßig entsorgt hat.

Katis so mühsam unterdrückter Stolz spuckt prompt Gift und Galle. Wofür hält sich dieser Typ eigentlich? Dieser Fuzzi vom Sozialprogramm für arbeitslose Jugendliche markiert doch tatsächlich den coolen Überflieger! Ha, aber nicht mit ihr! Wer legt schon Wert auf Heino Toppe! Aber ... kann sie Heino so einfach in die Wüste schicken und vergessen?

„Tut mir Leid, dass ich den ganzen Tag so eklig zu dir war", hört sie sich selbst zu ihrer eigenen Verblüffung antworten. „Ich fand es echt Klasse, wie du Patrick geholfen hast. Ohne dich hätten Jackie und ich bestimmt durchgedreht!"

Heino ist knapp davor, sie darauf hinweisen, dass Patrick ohne ihre dummen Einfälle niemals in diese Situation gekommen wäre. Aber er ahnt, dass Kati

Immer öfters entdeckt Kati Seiten an Heino, die sie wider Willen faszinieren. Ist mehr an dem „Prolo", als sie denkt?

diese magere Entschuldigung ohnehin schon schwer genug gefallen ist. Jetzt wartet sie vermutlich nur darauf, dass er wie üblich in das nächste Fettnäpfchen tritt.

Aber dieses Mal denkt er vor dem Reden nach. Er will die angebotene Versöhnung nicht gleich wieder aufs Spiel setzen. Schließlich mag er Kati trotz allem und zwar genau SO, wie sie ist: Mit ihrer spitzen Zunge und ihren dummen Ideen. Sie ist die Einzige, die sich von ihm nie unterkriegen lässt und das imponiert ihm. So wenig wie Kati sagen kann, weshalb sie sich bei ihm entschuldigt hat, so wenig weiß er, weshalb er ihr jetzt doch das kleine Geschenk überreicht, das er nach dem Essen in Friedenau für sie besorgt hat.

„Für mich?"

Kati bekommt große Augen. Sie wagt es kaum die liebevoll gestylte Verpackung zu öffnen, und als sie die süße kleine Spieluhr in den Händen hält, ist sie schlicht sprachlos. Woher weiß Heino, dass sie auf diese altmodischen Maschinchen steht, die eine Melodie klimpern, wenn man ihren Mechanismus in Gang setzt?

„Das ... das ist echt ..."

„Wenn's dir gefällt ..."

Auch Heino ist in diesem Moment ziemlich wortkarg. Er würde am liebsten vor Verlegenheit unter dem Fußbodenbelag der Kneipe verschwinden. Aber irgendwie freut er sich dennoch darüber, dass Kati das kleine Geschenk so gut gefällt. Ob sie jetzt endlich begreift, dass er nicht der Blödmann ist, für den sie ihn immer hält?

Eines hat Heino mit seiner Aktion geschafft, Kati nimmt ihn genauer unter die Lupe. Die Ereignisse rund um Patricks Unfall schweißen die Clique im „no limits" noch stärker zusammen. Offensichtlich hat Dennis etwas mit der Fahrerflucht zu tun und Charlie Schneider, dem die Kneipe gehört, benimmt sich ebenfalls höchst seltsam. In einer Solidaritätsaktion für Patrick, der glücklicherweise mit seinem Gipsbein schon wieder herum humpeln kann und keine größeren Verletzung erlitten hat, wirft Heino seinen Job im „no limits" hin und verdient sich seine Kohle abwechselnd im „Kontur" und an der Kasse einer Tankstelle.

Es bleibt Kati nicht verborgen, dass er dringend Kohle braucht. Vielleicht ist das ja DIE Gelegenheit, ihm auch einmal einen Gefallen zu tun. Zufällig bekommt Kati mit, dass ihre Mutter, die Modeschöpferin Barbara von Sterneck, händeringend nach einem gut aussehenden männlichen Model für eine Fotoproduktion sucht. Heino mag ja seine Macken haben, aber dass er gut aussieht kann niemand bestreiten. Kati macht Barbaras Agentur auf Heino Toppe aufmerksam und das erste Shooting ist gleich ein voller Erfolg. Alle sind von seinem Naturtalent zum Modeln begeistert.

Als Heino jedoch entdeckt, dass Kati hinter dieser einmaligen Chance steckt, sieht er sofort rot. Wofür hält sie ihn denn? Für einen Sozialfall, für den sie ihre Beziehungen spielen lassen muss? Für einen Schönling, dem sie gütig ein paar Almosen zukommen lässt, weil sie gerade nichts Besseres zu tun hat?

Er sagt ihr deutlich, was er von ihrer mildtätigen Ader hält. „Wenn ich den Job nur bekommen habe, weil du dich für mich eingesetzt hast, dann brauche ich mich ja wohl nicht länger zum Affen zu machen!"

Kati schwankt zwischen Empörung und reiner Mordlust. Da wollte sie ihm einmal einen Gefallen

Nein danke! Wenn Kati ihre Beziehungen dafür spielen lassen muss, will Heino nicht Model werden.

tun und wie dankt er es ihr? Mit einem typischen Toppe-Ätz-Spruch!

„Was hast du erwartet?", versucht Jackie ihre wütende Freundin zu beruhigen. „Für ihn hat es eben so ausgesehen, als habe er den Job nicht wegen seines Talentes bekommen, sondern nur, weil Kati von Sterneck ein gutes Wort für ihn eingelegt hat! Und darauf kann er verzichten."

„Für mich hat der ein Rad ab!", faucht Kati aufgebracht. „Wenn der Typ nur einen Funken Verstand im Leibe hätte, würde er eine solche Riesenchance doch nicht einfach in den Wind schlagen! Das war echt das letzte Mal, dass ich mich für ihn eingesetzt habe!"

Heino ist mindestens genauso sauer auf sie. Die milden Gaben, die Kati ihm ab und zu gnädig hinwirft, wenn sie sich daran erinnert, dass er überhaupt existiert, findet er total daneben. Dass sie ihm angeblich nur helfen will, ärgert ihn erst recht. Hält sie ihn für so unfähig und blöde, dass er sogar daran scheitert, sich aus eigener Kraft einen Job zu besorgen? Denkt sie, er wäre auf ihr Vitamin B in irgendeiner Weise angewiesen?

Patrick sieht die Angelegenheit aus einem völlig anderen Blickwinkel.

„Hast du dir schon mal überlegt, dass dich Kati eigentlich ganz attraktiv finden muss, wenn sie dich für die Mode-Kollektion ihrer Mutter als Model vorschlägt?", erkundigt er sich vorsichtig. „Außerdem scheint sie sich ganz schön geändert zu haben. Bisher hab ich noch nie erlebt, dass sie sich so für jemanden eingesetzt hat!"

Heino schluckt verblüfft. Dass Kati ein verwöhntes, ziemlich egoistisches kleines Biest sein kann, hat er oft genug am eigenen Leib erfahren müssen. Ob Patrick Recht hat? Bisher konzentrierte sich Katis Interesse ausschließlich auf ihre eigene Person. Kann es sein, dass er vielleicht wichtiger für sie ist, als er bisher angenommen hat? Dass es ihm gelungen ist, sie ein winziges bisschen zu beeindrucken?

Kati knabbert unterdessen am gleichen Problem. Sie bespricht es mit ihrer Mutter Barbara von Sterneck, die sich aber unerwartet auf Heinos Seite schlägt. „Ich hätte der Aktion nie zugestimmt, wenn ich gewusst hätte, dass du das alles hinter Heinos Rücken organisiert hast."

„Ich weiß doch, wie komisch Heino manchmal ist", entgegnet Kati missmutig. „Ich wollte seinen blöden Stolz eben nicht verletzen!"

„Ach ja?" Barbara wirft ihrer Tochter einen halb spöttischen, halb nachdenklichen Blick zu. Sie kennt Kati besser, als der das lieb ist. „Kann es nicht sein, dass du vielleicht nur die Tatsache verbergen wolltest, dass du dich für diesen Heino stark machst?"

„Wie kommst du denn auf so eine dumme Idee?", quietscht sie vor Empörung.

„Ganz einfach, wenn sich jemand so viele Gedanken um einen anderen Menschen macht, dann kann er ihm eigentlich nicht völlig gleichgültig sein!"

Kati schnaubt verächtlich. „Ich war ihm bloß einen Gefallen schuldig. Schon wegen der Sache mit Patrick …"

„Auch dann solltest du Heino nicht wie deine persönliche Marionette behandeln, Kati! Wenn dir wirklich etwas an ihm und an seiner Freundschaft liegt, solltest du seinen Stolz respektieren!"

Kati verzieht das Gesicht. Mütter! Warum müssen sie eigentlich immer Recht haben? Na gut, dann wird sie eben noch einmal mit Heino reden. Aber es ist gar nicht so leicht, ihn irgendwo zu erwischen. Er pendelt zwischen seinen vielen Jobs hin und her und ist ständig in Eile. Es kommt kaum vor, dass er mal Zeit für ein persönliches Wort hat.

Ein paar Tage später jedoch kommt ihr der Zufall zu Hilfe. Auf dem Weg in die Schule klemmt das Verdeck ihres Autos und die Tankstelle, in der Heino arbeitet, ist glücklicherweise gleich um die Ecke.

Auch Heino ist begeistert über die Chance, ihr seine Fähigkeiten beweisen zu können und legt sich mächtig ins Zeug, damit der Wagen fertig ist, wenn Kati mittags aus der Schule kommt. Dummerweise fehlt ein Ersatzteil, das nur Fachwerkstätten auf Lager haben. Sein Chef sieht es nicht gern, wenn er während der Arbeitszeit „spazieren" fährt, aber unter der Bedingung, dass Heino sich beeilt, darf er ausnahmsweise doch den Werkstattwagen nehmen.

Dummerweise gerät er auf dem Rückweg zur Tankstelle in einen Riesenstau. Zähneknirschend zockelt er im Schneckentempo durch die Stadt. Er weiß, das gibt garantiert Ärger mit seinem Boss.

Der erwartete Zoff fällt noch schlimmer aus, als er befürchtet hat. Der Tankstellenpächter deutet muffig auf eine Gestalt in Blaumann und Schirmkappe, die eben einen Wagen auftankt. „Du kannst dir deine Entschuldigungen sparen! Ich habe bereits Ersatz für dich gefunden!"

Heino setzt eben zu einer Erklärung an, als sein vermeintlicher Nachfolger eine graziöse Bewegung macht, die eindeutig etwas Mädchenhaftes besitzt. Er sieht genauer hin und erkennt blonde Haare unter der Kappe, ein spitzbübisches Lachen und ein vertrautes Gesicht.

Kati genießt es, dass Heino mit offenem Mund dasteht und sich fragt, ob er vielleicht eine Brille braucht.

„Ich hoffe, ich habe dich würdig vertreten!", sagt sie vergnügt. „Ich kann doch nicht zulassen, dass du deinen Job verlierst, nur weil du für mich unterwegs bist!"

„Das ist echt stark von dir!"

Von Heino ausnahmsweise einmal nicht kritisiert, sondern bewundert zu werden, stürzt Kati in eine eigenartige Verlegenheit. Als er am nächsten Tag auch noch mit Blumen in Friedenau auftaucht, um sich bei ihr zu bedanken, ist sie vollends verwirrt. Sie entdeckt immer mehr Seiten an ihm, die ihr gefallen. Aber ein Typ wie Heino Toppe und Kati von Sterneck? Unmöglich! Das geht einfach nicht!

Heino durchschaut das Spiel. Er glaubt zu wissen, was in Kati vorgeht und deswegen nimmt er auch seinen ganzen Mut zusammen und lädt sie zu seiner Geburtstagsfeier ein. Einer ganz besonderen Geburtstagsfeier. Sein Mut reicht jedoch nur zu einer schriftlichen Einladung, die er Katis Bruder Gero in

Wenn es um seine Prinzessin geht, greift Heino tief in die Tasche. Ein blühendes Dankeschön für Katis Hilfe an der Tankstelle!

Friedenau übergibt, weil sie nicht zu Hause ist. Im Grunde ist er sogar erleichtert darüber, dass er Kati verpasst hat. So muss er sich wenigstens keine schnoddrige Happy-Birthday-Variante à la Kati von Sterneck anhören. Wenn sie ganz allein und unbeobachtet über diese Einladung entscheiden kann, stehen seine Chancen sicher ein paar Punkte besser.

Im Grunde seines Herzens glaubt er fest daran, dass sie kommt. Da er sie schlecht in seiner Bude empfangen kann, trifft er im schicken „Kontur" alle Vorbereitungen für ein intimes Candlelight-Dinner zu zweit. Ulli und Nick haben ihm den Laden und die Bistroküche zur Verfügung gestellt und drücken ihm die Daumen.

Heino kann jedoch nicht ahnen, dass Gero von Sterneck es schlicht und einfach vergisst, seiner Schwester die Einladung zu geben. Er hat haufenweise eigene Probleme und an Kati denkt er in diesen Tagen zuallerletzt.

Die Kerzenflammen im „Kontur" wandern immer weiter nach unten und Heino wartet vergeblich auf seinen Ehrengast. Am Ende ist er so ratlos und verzweifelt, dass er seinen Stolz vergisst und in Friedenau anruft. Dort teilt ihm das Dienstmädchen freundlich mit, dass sich Fräulein von Sterneck schon zurückgezogen habe. Offensichtlich geht das gnädige Fräulein lieber ins Bett, als mit einem Prolo wie Heino Toppe Geburtstag zu feiern!

„Herzlichen Glückwunsch, Heino!", verspottet er sich selbst. „Du bist ein Riesenrindvieh!"

Als Kati einen Tag später die vergessene Einladungskarte in Friedenau entdeckt und Gero das Missgeschick nicht einmal bedauert, bekommt sie fast einen Anfall. Müssen Brüder eigentlich so grässlich sein? Was soll sie jetzt tun? Sich schon wieder bei Heino entschuldigen? Das wird ja langsam zur Gewohnheit …

Sie versucht die Pleite zu überspielen, als sie Heino im „no limits" begegnet. „Tut mir echt Leid, dass ich

Wird er Kati je begreifen? Manchmal hat Heino da berechtigte Zweifel.

deine Party verpasst habe. Gero hat die Einladung verschusselt! War viel los?"

Kati nimmt natürlich an, dass Heino mit allen Freunden gefeiert hat und er lässt sie in diesem Irrtum. „Ist gar nicht aufgefallen, dass du gefehlt hast", behauptet er obercool. „Du hast echt was verpasst!"

Was sie wirklich verpasst hat, erfährt Kati zufällig von ihrer Freundin Jackie, als sie von ihr Näheres über die Fete wissen will.

„Wieso?" Jackie runzelt die Stirn. „Was heißt hier Party? Ich denke, das war eine Exklusiv-Veranstaltung für eine gewisse Kati von Sterneck?"

„Waaas?" Kati bohrt nach und am Ende verrät ihr Patrick, dass Heino vergeblich auf sie gewartet hat, weil er sie mit einem Abend zu zweit überraschen wollte.

Es ist Geros Glück, dass er sich in diesem Moment nicht in Reichweite seiner Schwester befindet. Kati träumt von eiskaltem Brudermord. Gleichzeitig versteht sie sehr gut, warum ihr Heino den Bären mit der tollen Party aufgebunden hat. Sein Stolz lässt natürlich nicht zu, dass er die Wahrheit sagt. Sie muss ihn tief verletzt haben. Wie kann sie diesen Fehler nur wieder gut machen?

Da sie sich um Geld keine Sorgen machen muss, überrascht sie Heino mit einem nachträglichen Geburtstagsgeschenk, das er einfach nicht ablehnen KANN. Sie hat für ein paar Stunden sein Traumauto gemietet: Einen brandroten, supertollen Ferrari!

„Woher hast du gewusst, dass ich immer davon geträumt habe, ein solches Auto zu fahren?", staunt er geplättet.

„Tja, weibliche Intuition!", grinst Kati und krönt ihr Heino-Geburtstags-Rettungs-Programm mit einer Einladung zu einem ganz privaten Abendessen in ihrem Zimmer in Friedenau. Heino kann sein Glück kaum fassen. Das ist einwandfrei der schönste Geburtstag seines Lebens!

Auch Kati hat der Tag gefallen. „Kaum zu glauben, dass wir uns mal nicht ausstehen konnten", staunt sie, während sie sich um die letzten Käsebällchen auf dem Tablett kabbeln.

„Na ja, ich hab auch ziemlich viel Mist gebaut", gibt Heino gutmütig zu. „Ich wusste einfach nicht, was ich mit meinem Leben anstellen soll!"

„Und jetzt weißt du's?" Kati klingt wie üblich ein wenig herausfordernd.

„Und ob!" Heino lässt sich nicht aus der Ruhe bringen. „Ich hab einen ganz großen Traum und den werde ich verwirklichen! Ich lerne fliegen!"

„Fliegen?" Aus Katis Mund klingt das, als habe er ihr mitgeteilt, er wolle den ausgestopften Pandabären im Chinesischen Staatszirkus ablösen.

„Ich mache meinen Pilotenschein!", erklärt Heino, als wäre das die selbstverständlichste Sache der Welt.

Kati räuspert sich betont vorsichtig. „Heißt das, du machst all diese vielen Jobs, um dir das Geld für die Flugstunden zu verdienen?"

Heino fällt nicht auf, dass Katis Frage eher kritisch klingt. „Klar, ich bin jede freie Minute auf dem Flugplatz und irgendwann werde ich da oben unterwegs sein, das schwöre ich dir! Was guckst du so komisch? Glaubst du mir nicht?"

„Schon …" Kati versucht ihre Zweifel in halbwegs diplomatische Worte zu verpacken. „Aber wie willst du das jemals erreichen? Mit diesen Hiwi-Jobs verdienst du doch kaum die Eiswürfel im Mineralwasser!"

Das Lächeln verschwindet aus Heinos Gesicht.

„Es ist eben nicht jeder mit einem Silberlöffel im Mund geboren!" Er hasst es, wenn Kati so herablassend tut. „Im Grunde bist du ja nur neidisch auf mich, weil du selbst kein vernünftiges Ziel hast! Gib's zu, du hast keine Ahnung, was du nach dem Abitur machen willst und wie es weitergehen soll!"

Damit ist der kurze Waffenstillstand beendet. Sie mögen ja dieselbe Musik und die gleichen Autos gut finden, aber wenn Kati das Fräulein von Sterneck herauskehrt, findet Heino sie schlicht unausstehlich. Er verlässt Friedenau, ohne sich auch nur einmal nach ihr umzusehen! Er schwört, in Zukunft einen großen Bogen um diese arrogante, selbstgerechte Prinzessin zu machen.

Auch Kati tut einen ähnlichen Schwur. Heino Toppe ist für sie gestorben. Wenn er von ihr verlangt, dass sie kritiklos jeden noch so albernen Einfall bewundert, dann ist er bei ihr an der falschen Adresse!

„Das ist doch pure Angabe!", schimpft sie bei Jackie. „Wie will der mit den paar Kröten, die er sich verdient, Flugstunden bezahlen?"

„Immerhin tut er wenigstens etwas, um seine Träume in die Tat umzusetzen", verteidigt Jackie Heino auch dieses Mal. „Das ist mehr, als die meisten anderen Menschen auf die Beine stellen. Warum musst du eigentlich alles niedermachen, was er anpackt?"

„Tu ich ja gar nicht!", behält Kati das letzte Wort, aber sobald sich ihre Wut auf Heino ein wenig gelegt hat, denkt sie über Jackies Worte nach. Heino mag ja einen Dickkopf haben, aber vielleicht ist das gar nicht so negativ, wie sie es bisher gesehen hat. Er setzt sich durch, wo andere längst aufgegeben hätten und es interessiert ihn gar nicht, dass sein Ziel zu hoch gesteckt ist. Er ist ein Kämpfer, der sich von keinem Rückschlag unterkriegen lässt.

Vielleicht waren ihre dummen Sprüche wirklich fehl am Platze gewesen und sie sollte sich entschuldigen. Nur wie? Ihre Idee ist natürlich wieder typisch „von Sterneck". Sie plündert ihr Konto und schenkt Heino einen Gutschein für drei Flugstunden. Dass der daraufhin völlig ohne Flugzeug in die Luft geht und ihr Geschenk schroff zurückweist, lässt sie aus allen Wolken fallen. Sie hat sich doch so viel Mühe mit dem Gutschein gegeben, ganz zu schweigen von der Summe, die das alles gekostet hat!

Ein Gutschein für neue Flugstunden? Glaubt Kati vielleicht, dass Heino auf ihre Almosen angewiesen ist?

„Du hast echt gar nichts begriffen!", wirft er ihr erbittert vor. „Du glaubst wohl, du kannst alles mit deinem beschissenen Geld kaufen?"

Kati blinzelt mit Mühe gegen die Tränen in ihren Augen an. Sie wollte ihm eine Freude machen und keinen Wutanfall provozieren. „Dir ist ehrlich nicht mehr zu helfen!", erklärt sie verletzt und stürmt aus dem „no limits".

„Hast du dir schon mal überlegt, wie sehr du Heino mit solchen Geschenken beschämst?", redet ihr Jackie ins Gewissen, als sie von dem neuerlichen Missverständnis erfährt. „Das kommt echt ziemlich gönnerhaft rüber. Du verletzt seine Gefühle, Kati! Wenn dir wirklich was an ihm liegt, kannst du solche Sachen nicht bringen."

„Wenn er alles selber schaffen will, dann soll er das doch tun!", faucht Kati. „Für mich ist der Typ erledigt!"

Sie demonstriert diesen Entschluss mit einem weiteren, tiefsinnigen Geschenk, das sie Heino im „no limits" vor allen anderen überreicht. Sie genießt es, ihre Rache vor Publikum zu inszenieren. Er hat ihr so wehgetan, dass sie ihn ebenfalls zu Boden schicken will.

„Ich weiß jetzt, wie du deinen großen Traum in die Tat umsetzen kannst", erklärt sie betont spöttisch und überreicht ihm ein aufwändig gestyltes Päckchen. „Viel Spaß damit!"

Als Heino das Geschenk öffnet, hält er den Modellbausatz für ein Spielzeug-Flugzeug in den Händen. Sein Gesicht spricht Bände. „Was soll ich damit?"

Kati rümpft die Nase. „Sieht man doch, fliegen! Die Maschine hat genau dein Format!"

Jackie und Patrick werfen sich einen alarmierten Blick zu. Dieses Mal ist Kati wirklich einen Schritt zu weit gegangen. Heino verzeiht keine öffentlichen Demütigungen!

Kati legt auch gar keinen Wert auf seine Verzeihung, aber sie muss trotzdem feststellen, dass sie ihn einfach nicht vergessen kann. Er spukt ihr ständig im Kopf herum und seine Leidenschaft für das Fliegen ist ihr nach wie vor ein komplettes Rätsel. Warum schuftet er wie ein Irrer, nur um diese dummen Flugstunden zu bezahlen? Was fasziniert ihn denn so an der Fliegerei?

Sie beginnt in der Bibliothek von Friedenau nach Flieger-Büchern zu suchen und leiht sich von Christoph von Anstetten ein Fernglas aus. Sie beobachtet Heino heimlich auf dem kleinen Sportflughafen, wo er seine ganze wenige Freizeit verbringt.

Als Heino sie im „no limits" darauf anspricht, leugnet sie hartnäckig, jemals auf dem Flugplatz gewesen zu sein. Heino soll sich nur nichts einbilden.

„Komisch, so viele blonde Mädchen mit Pferdeschwanz gibt es da draußen eigentlich nicht", grinst er vergnügt. „Noch dazu welche, die im dicken Schlitten ihrer Mutter unterwegs sind!"

Den Tiefschlag mit dem Modellflieger hat er mit Jackies Hilfe erstaunlich schnell überwunden. „Im Grunde magst du Kati trotz allem", hat sie ihm auf den Kopf zugesagt. „Und sie mag dich auch. Es muss doch einen Weg geben, wie ihr beiden miteinander klar kommt!?"

„Kati mag mich?" Heino war nicht so einfach zu überzeugen. „Das glaubst du doch selbst nicht. Sie führt sich die ganze Zeit auf wie die Prinzessin auf der Erbse und will auch noch dafür bewundert werden!"

„Klar, das tust du doch die ganze Zeit oder etwa nicht?" Jackie hatte auf seine ausdrückliche Zustimmung verzichtet, denn sie wusste ja, dass sie Recht hatte.

Seit Heino neulich das blonde Mädchen am Zaun entdeckt hat, ist seine Laune ohnehin wieder im grünen Bereich. Wenn Kati ihn heimlich auf dem Flughafen beobachtet, ist er ihr tatsächlich nicht gleichgültig!

„Ich bin ganz sicher, dass sie es war!", sagt er zu Patrick, nachdem Kati mit hochgereckter Nase wieder abgezischt ist.

„Ist doch prima", denkt Patrick in dieselbe Richtung wie seine Freundin. „Das zeigt, dass sie sich inzwischen sowohl fürs Fliegen, als auch für dich interessiert. Was willst du noch mehr?"

„Schön wär's ja, wenn das stimmen würde …", seufzt Heino nicht ganz überzeugt. „Aber wie soll das mit uns weitergehen? Wir stammen aus verschiedenen Welten. Was kann ich einem Mädchen wie ihr schon bieten?"

„Leg ihr die Welt zu Füßen und nimm sie auf einen Rundflug mit!", rät Patrick praktisch.

„Mensch, ich hab doch noch keinen Flugschein. Ich mache mich strafbar, wenn ich Passagiere mitnehme. Mit Kati im Cockpit kann ich meine Lizenz in den Wind schreiben!"

„Schade …"

Das findet Heino auch, denn das Bild von Kati hinter dem Zaun am Flugplatz verfolgt ihn ständig. Es kommt ihm ganz typisch für diese komische Beziehung vor, die sie beide haben. Sie sprechen zwar miteinander, aber dieser blöde Zaun trennt sie. Man müsste ihn einfach überwinden!

Kati ist die Erste, die einen Versuch dazu unternimmt. Sie taucht wieder auf dem Flugplatz auf und dieses Mal läuft sie nicht davon.

„Es war ziemlich kindisch von mir, dich heimlich zu beobachten", überrascht sie Heino mit gesunder Selbstkritik. „Aber ich würde ehrlich gerne verstehen, was dich am Fliegen fasziniert. Kannst du mich nicht einfach mal bei dir mitfliegen lassen? Bisher kenne ich nur Passagierflugzeuge!"

Ihre Bitte bringt Heino in Schwierigkeiten. Wenn er jetzt sagt, dass er als Flugschüler niemanden mitnehmen darf, hält sie das vermutlich für eine billige Ausrede. Handelt er gegen die Vorschriften, um ihr einen Gefallen zu tun, kann er seine Lizenz endgültig vergessen.

„Äh ... also ... tja, das tut mir echt Leid", stottert sich Heino in eine wilde Ausrede. „Ausgerechnet heute muss ich ein paar besonders gewagte Manöver fliegen. Jede Wette, dass dir da als Co-Pilot nur schlecht werden würde ... Das kannst du mit einer Linienmaschine einfach nicht vergleichen!"

„Ich hab schon kapiert!" Kati bereut schlagartig,

dass sie Heino in seiner blöden Flugschule besucht hat. „Guten Flug!"

Sie findet nur eine Erklärung für dieses dämliche Gestotter: Er denkt nicht daran seinen Traum mit ihr teilen! Er schickt sie weg, als wäre sie nur eine lästige Tussi, die sich an einen Typen hängt, der nichts von ihr wissen will! Ausgerechnet Kati von Sterneck! Dem Knaben würde sie in Zukunft nicht einmal mehr die Uhrzeit verraten, wenn er sie danach fragen sollte!

Erneut sind die beiden Dickköpfe auf die Hilfe von Patrick und Jackie angewiesen, die sich manchmal an den Kopf greifen, weil dieses besondere Paar derartig verbohrt ist. Warum können sie eigentlich nicht wie völlig normale Menschen miteinander reden?

„Warum hast du ihr diesen Blödsinn erzählt?", wundert sich Patrick und Heino weicht verlegen seinem Blick aus.

„Es war mir peinlich, ich wollte nicht, dass sie mich für einen Feigling hält!"

Patrick verdreht die Augen. „Da ist es dir schon lieber, dass sie dich für einen Schwachkopf hält, was?"

„Und was soll ich jetzt tun?"

„Ihr die Wahrheit sagen, was sonst?"

Aber das ist gar nicht so einfach. Kati lässt ihn in Friedenau abblitzen, ehe er ihr die besonderen Umstände erklären kann. „Ich hab's längst kapiert. Du wolltest mich nicht dabei haben! Auch gut. Du musst keine Angst haben, dass ich dich noch einmal belästige. Ich weiß ja, dass du deine kostbare Zeit für andere Dinge benötigst!"

Sie lässt ihn einfach stehen und Heinos gute Vorsätze verwandeln sich blitzartig in Zorn auf „Miss Kratzbürste Von und Zu". Wenn Kati diesen Ton anschlägt, dann brennen bei ihm alle Sicherungen durch!

Patrick hat Mitleid mit ihm und verrät Kati schließlich, dass Heino ihre Begleitung aufgrund der strengen Flugvorschriften ablehnen MUSSTE. „Flugschüler dürfen keine Passagiere mitnehmen, sonst riskieren sie ihre Fluglizenz. Hat Heino dir das nicht erzählt?"

„O Mann!" Kati schlägt sich mit der flachen Hand vor die Stirn. „Heino muss mich ja wirklich für die dümmste Gans unter der Sonne halten. Ich habe ihm vorhin erst eine Riesenabfuhr erteilt!"

„Das lässt sich doch garantiert wieder einrenken", behauptet Patrick sonnig. „Heino mag dich viel zu sehr, um dir lange böse sein zu können!"

„Meinst du wirklich?", zweifelt Kati. Sie weiß, dass sie ganz schön ekelhaft gewesen ist und sie kennt inzwischen Heinos empfindlichen Stolz.

„Großes Ehrenwort!", schwört Patrick auf gut Glück.

Kati ist noch nicht ganz überzeugt. Sie holt auch Jackies Meinung ein. Sie kennt Heino und im Gegensatz zu ihr hat sie sich immer gut mit ihm verstanden.

„Besser du wartest ein paar Tage, bis Heino sich wieder beruhigt hat", rät ihre Freundin vorsichtig und erntet einen trübsinnigen Blick, der mühelos ziemlich hohe Werte auf der nach oben offenen Liebeskummer-Skala erhalten hätte. „Du magst ihn ziemlich gern, was?"

Kati spart sich die Antwort. Ihre Gefühle für Heino sind zu kompliziert, um sie in Worte zu fassen. Sie weiß nur eines: Sie muss diesen neuerlichen Streit aus der Welt schaffen, und zwar zu schnell wie möglich.

Heino traut seinen Augen nicht, als er zu einer Flugstunde aufbrechen will und plötzlich Kati neben seiner Maschine entdeckt. Sie versucht krampfhaft sich ganz cool zu geben. Er soll nicht merken, dass sie Herzklopfen und feuchte Hände hat. Wenn er sie allerdings mit diesem Blick anschaut, der ihr durch und durch geht, spielt ihre Selbstkontrolle verrückt. Sie kaut nervös auf ihrer Unterlippe herum und stürzt sich in die Rechtfertigung, die sie auf dem Weg zum Flugplatz einstudiert hat.

„Ich hab mich grässlich benommen. Aber ich konnte ja nicht wissen, dass du deine Fluglizenz riskierst, wenn du mich mitnimmst ..."

„Schon okay", winkt Heino ab, als er sich von seiner ersten Verblüffung erholt hat. Er wirft einen Blick zum Tower, um sich zu versichern, dass Kati von dort aus nicht zu sehen ist, ehe er ganz lässig, wie nebenbei hinzufügt: „Willst du jetzt mitfliegen?"

„Aber …" Kati denkt kurz nach, ob sie sich wohl verhört hat. „Das geht doch nicht. Patrick hat gesagt, du bekommst höllenhaft Schwierigkeiten, wenn du jemand …"

„Nur wenn ich mich dabei erwischen lasse!", grinst Heino siegessicher.

Kati ist hin- und hergerissen. Klar würde sie wahnsinnig gern mit Heino fliegen, aber verleitet sie ihn damit nicht zu einer Dummheit, die er später bereuen wird? Eine Ablehnung wird er jedoch mit Sicherheit ebenfalls in die falsche Kehle bekommen. Dann denkt er, sie traut ihm nicht! Ach, verflixt, warum diese ganzen Bedenken? Die Einladung zu einem solchen Abenteuer kann sie einfach nicht ausschlagen!

Sie holt tief Atem, gibt sich einen Ruck und schlüpft in die kleine Maschine. Heino zeigt auf die Sicherheitsgurte und grinst. Kati erwidert das Lächeln wie in Trance. Es kommt ihr vor, als würde sie das Ganze träumen. Ist das wirklich Heino, der da am Steuerknüppel sitzt und zum Start rollt, als habe er in seinem ganzen Leben nichts anderes getan?

„Hey, du kannst dich entspannen, es ist alles in Butter! Genieß den Flug!", rät er wenig später und Kati holt zum ersten Mal seit geraumer Zeit wieder tief Atem. Sie sind bereits in der Luft und unter ihnen wird das Gelände des kleinen Flughafens zur Spielzeuglandschaft.

„Ich habe keine Angst!", entgegnet sie gnädig. Es kommt nicht in Frage, dass sie sich vor ihm eine Blöße gibt. „Schließlich bin ich schon oft geflogen!"

Trotzdem quietscht sie leise auf, als er den Flieger zur Seite legt und der Himmel in ihrem Seitenfenster auftaucht. Leicht blass um die Nase klammert sie sich zusätzlich zum Sicherheitsgurt an ihrem Sitz fest. „Was machst du da? Was soll der Blödsinn?"

„Kleine Strafe für deinen Auftritt von gestern", freut sich Heino über ihre Reaktion.

„Das heißt, du bist nicht länger sauer auf mich?" Kati filtert nur die positiven Infos aus seinen Worten heraus.

„Iiich? War ich je sauer auf dich?"

Sie tauschen ein Lächeln. Auf irgendeine Weise ist ihnen beiden in diesem Moment nicht nach Zoff zu Mute. Es ist perfekt, nebeneinander zu sitzen und auf die Welt hinunterzusehen. Unter halb gesenkten Wimpern wirft Kati Heino einen heimlichen Blick zu. Über seine Kopfhörer erhält er Anweisungen vom Fluglehrer und zieht die kleine Maschine in die gewünschten Schleifen und Manöver. Auf Kati wirkt es, als sei er mit dem Flugzeug wie verwachsen. Er passt an diesen Steuerknüppel. Viel besser als hinter die Theke des „no limits" oder an den Zapfhahn der dämlichen Tankstelle. Warum ist ihr eigentlich nie aufgefallen, was er für schöne, kräftige, Vertrauen erweckende Hände hat?

„Wow! Langsam geht mir ein Licht auf", lenkt sie sich von ihren gefährlichen Gedanken ab. „Fliegen hat wirklich etwas Faszinierendes!"

„Stimmt", nickt Heino zufrieden. „Und mit dir zusammen ist es doppelt so schön!"

Mit einem Schlag vergisst Kati die aufregenden Flugmanöver, die tolle Aussicht und die Tatsache, dass sie irgendwo zwischen Himmel und Erde schweben. Sie sieht nur noch Heinos dunkle Augen, die widerspenstige Haartolle über seiner Stirn und das absolut unwiderstehliche, typische Grinsen, das sie einfach nicht aus dem Kopf bekommt, so oft sie es auch schon versucht hat. Heino ist eben Heino. Unverwechselbar, unverwüstlich, unverschämt, unverfroren und – endlich gibt sie es zu – unwiderstehlich!

Ohne dass sie groß darüber nachdenkt, beugt sie sich zu ihm hinüber und küsst ihn. Nicht schüchtern und flüchtig, sondern richtig und heftig. So, wie sie es schon die ganze Zeit tun will. Logisch, dass Heino dieses Mal ohne Maschine direkt in den siebten Himmel durchstartet. Er vergisst seine Instrumente, seinen Fluglehrer und seine Lizenz. Da ist allein Katis Kuss, den er ebenso leidenschaftlich erwidert, wie er ihn von ihr bekommt! Endlich!

Erst die brüllende Stimme in seinem Kopfhörer bringt ihn halbwegs wieder zur Besinnung. Sein Fluglehrer kann sich den riskanten Sturzflug nicht erklären, den Heino mit einem waghalsigen Flugmanöver gerade noch abfängt. Für ihn sieht es so aus, als habe sein Flugschüler dort oben völlig unerwartet die Kontrolle über die Maschine verloren.

Heino zieht eine Grimasse und wirft Kati einen schnellen Blick zu. Die Stimme in seinem Kopfhörer ist so laut, dass das Quäken bis zu Kati dringt.

„Hast du's gehört? Er möchte dass ich die Flugstunde abbreche und sofort lande. Theater hat er das genannt und er hat gesagt, dass ich mir meine Lizenz abschminken kann, wenn ich solche Mätzchen mache …"

„O nein!"

Das hat Kati natürlich nicht gewollt! Das kommt davon, wenn sie einmal nur auf ihr Herz hört und sich um nichts anderes kümmert! Sie starrt Heino aus weit aufgerissenen Augen unglücklich an, während er seinem Fluglehrer eine Story über Turbulenzen erzählt und dass er jetzt alles wieder bestens im Griff habe. Danach grinst er sie schief an.

„Alles halb so wild, du brauchst dir keine Sorgen zu machen. Wir müssen lediglich verhindern, dass mein Fluglehrer mitbekommt, dass ich nicht allein in dieser Maschine bin. Hilfst du mir dabei?"

Welche Frage! Kati würde in diesem Moment so gut wie alles für Heino tun. Schließlich will sie nicht daran schuld sein, wenn er seinen Traum vom Fliegen in den Sand setzt. Gerade jetzt, wo sie begreift, was ihn antreibt und wieso er so fanatisch auf dieses Ziel hinarbeitet!

Sie duckt sich tief in das Cockpit, sobald die kleine Maschine gelandet ist und in den Hangar ausrollt. So kann sie ungesehen aus dem Flieger schlüpfen, während Heino halb erleichtert, halb besorgt seinem aufgebrachten Fluglehrer ins Büro folgt.

Kati ist fast ein wenig erleichtert darüber, dass sie jetzt nicht mit Heino über ihren Kuss sprechen muss. Sie ist völlig durcheinander. Plötzlich kann sie nicht mehr begreifen, was dort oben in sie gefahren ist. Höhenkoller? Herzrasen? Partielle geistige Umnachtung? Was will sie von Heino, jetzt, nachdem sie mit ihm geflogen ist und festgestellt hat, dass ihr Herz längst die Entscheidung getroffen hat, gegen die sich der Kopf bisher gesträubt hat?

Wie soll es mit ihnen weitergehen? Da war nur der Kuss und ein Blick. Keine Worte, keine Bestätigung und schon gar keine Liebeserklärung, auch wenn sie irgendwie in der Luft gelegen hat. Mag er sie überhaupt oder hat es ihm nur gefallen, beim Fliegen geküsst zu werden? Sind sie jetzt richtig zusammen oder soll sie auf die rabenschwarzen Stimmen in ihrem Kopf hören, die sie davor warnen, noch einmal einem Mann zu vertrauen?

Bisher hat sie nicht viel Glück mit der anderen Hälfte der Menschheit gehabt. Patricks Zuneigung war nicht groß genug, um für sie das Priesteramt aufzugeben, so wie er es schließlich für Jackie getan hat. Und was diese Doppelnull von Dennis betrifft, der abgehalftierte Profi-Fussballer und Charlie-Schneider-Assistent hat ohnehin nicht viel mehr gewollt als schnellen Sex mit einem Mädchen aus den besseren Kreisen.

Will Heino denn etwas anderes? Wenn ja, was? Und wieso? Weil er nicht Patrick oder Dennis ist? Was steckt hinter seinem frechen Grinsen, den losen Sprüchen und der lockeren Anmache? Total verunsichert wartet sie im „no limits" auf ihn. Sicher wird er hier zuerst auftauchen, wenn er den Anpfiff seines Fluglehrers hinter sich gebracht hat.

Kati hat sich eben entschlossen, die Warterei aufzugeben, als Heino völlig außer Atem hereingestürzt kommt. Sie versucht in seinem Gesicht zu lesen, aber er sieht einfach nur abgehetzt und zerzaust aus. Eben wie jemand, der es gerade noch auf die letzte Sekunde geschafft hat, seine Schicht im „no limits" pünktlich anzutreten.

„Mensch, nun rede schon!", fährt sie ihn fast ein wenig wütend an. „Was ist? Hast du Ärger bekommen oder ist alles gut ausgegangen?"

„Ich bin mit einem blauen Auge davongekommen", knipst Heino sein übliches Strahlen wieder an. „Am Ende hat er mir die Turbulenzen abgekauft. Er erkennt lediglich die Flugstunde nicht an und hat mir eine Menge Extra-Theorie aufgebrummt!"

„O Mann, das kostet ja wieder Geld!", seufzt Kati, die sofort erkennt, dass Heino für jeden einzelnen Pfennig dieses Geldes mühsam schuften muss.

„Na und?" Heinos Strahlen wird zur Lichterkette. „Das war es mir echt wert!"

Er zieht Kati in seine Arme und küsst sie zärtlich. Dieses Mal ist sie es, die in Turbulenzen gerät. Irgendwie bekommt sie keine Luft mehr und ihre Knie haben verflixte Ähnlichkeit mit schlabbriger Götterspeise. Sie kann nicht mehr denken und erst viel später fällt ihr auf, dass Heino mit diesem Kuss in aller Öffentlichkeit allen gezeigt hat, dass Kati und er jetzt ein Paar sind. Aber sind sie das denn? Genauer gesagt, will sie Heino wirklich zum Freund haben?

„Es ist höllisch kompliziert!", gesteht sie Jackie unter vier Augen. „Ich habe keine Ahnung, wie ich mich Heino gegenüber verhalten soll."

„Bist du denn nicht glücklich, wenn du mit ihm zusammen bist?", möchte Jackie wissen.

„Das schon …", gibt Kati widerstrebend zu. „Aber meine Gefühle für ihn sind so stark, dass ich einfach Angst davor habe!"

Heino bekommt diese Angst ziemlich schnell zu spüren. Als er Kati auf Friedenau besuchen will, kann er wieder nur mit ihrem Bruder Gero sprechen. Gero betrachtet den Blumenstrauß in Heinos Hand und spöttelt über die Romanze, die sich da anbahnt.

„Richten Sie Ihrer Schwester bitte viele Grüße aus", bittet Heino eindringlich.

Er spürt, dass irgendetwas nicht in Ordnung ist. Aber er glaubt, dass sein Misstrauen nur von Geros

Verhalten geweckt worden ist. Schließlich hatte der seine Einladung schon einmal nicht weitergegeben. Aber andererseits kann er ja schlecht in der Halle von Friedenau Wurzeln schlagen, bis Kati irgendwann wieder auftaucht. Eher bedrückt macht er sich auf den Rückweg nach Düsseldorf. Das Happyend mit Kati lässt also auf sich warten.

Auch Gero begreift die Spielchen seiner kleinen Schwester nicht. Warum musste er die Blumen für sie annehmen und den Typen wieder fortschicken?

„Das ist mir im Moment einfach zu viel!", verteidigt sich Kati heftig. „Ich muss mir erst über meine Gefühle klar werden …"

„Das sind ja ganz neue Töne bei dir", spöttelt Gero gutmütig. „Meine Schwester im Chaos der Gefühle!"

Kati schluckt den „Blödmann" hinunter, den sie eigentlich auf der Zunge hat. „Ich brauche Abstand!", verkündet sie betont erwachsen. „Obwohl ich nicht weiß, was dich das eigentlich angeht!"

Katis Verschwinden trifft Heino völlig unvorbereitet. Was ist jetzt wieder los? Es war doch alles klar zwischen ihnen – oder etwa nicht? Was sollte das heißen, dass sie angeblich verreist ist?

Jackie versucht ihn zu trösten. „Kati ist zu einer Freundin nach Sylt gefahren, weil sie sich erst einmal über ihre eigenen Gefühle klar werden muss!"

„Was gibt's da zum klar werden?", brummt Heino enttäuscht.

„Die Tatsache, dass Kati dich wesentlich lieber mag, als sie es sich selbst eingesteht!", behauptet Patrick.

Heino schweigt. Die Trostaktion von Jackie und Patrick erreicht genau das Gegenteil bei ihm. Was sollen all die netten Sprüche? Tatsache ist, dass Kati vor ihm davonläuft. Sie hat ihn geküsst und anschließend ihren Kuss sofort bereut. Er ist nicht gut genug für sie und sie will nichts von ihm wissen. Je eher er sich mit diesen Tatsachen abfindet, um so besser für ihn. Ein Telefonanruf von Kati, nur wenige Tage später, scheint seine schlimmsten Befürchtungen zu bestätigen.

„Mir geht's im Moment nicht so gut. Wir haben ziemlichen Ärger in der Familie. Es ist besser, wenn du mich eine Weile in Ruhe lässt!"

Klare Worte, die niemand missverstehen kann. Heino gibt sich cool. Dass er zutiefst verletzt ist, geht keinen etwas an. Er überspielt seine Enttäuschung und bedient Kati wie jeden anderen Gast, wenn sie im „no limits" auftaucht. Da scheint nie etwas zwischen ihnen gewesen zu sein. Den Kuss muss er wohl geträumt haben.

Patrick ist der Einzige, der es wagt, Heino auf seine Gefühle für Kati anzusprechen. Ihm kann er nichts vormachen. Warum redet er nicht mit ihr?

„Weil ich keine Ahnung habe, wie ich mit ihr umgehen soll", antwortet er traurig. „Ich hab getan, was sie verlangt hat und jetzt spielt sie wieder Miss von und zu Sterneck, hängt hier rum und redet belangloses Zeug …"

„Vermutlich fällt ihr in Friedenau die Decke auf den Kopf", erklärt Patrick. „Ihre Mutter und Christoph von Anstetten haben Familienzoff und ihr Bruder ist rauschgiftsüchtig. So was kann eine Tochter und kleine Schwester schon ganz schön mitnehmen."

„Aber warum hat sie dann kein Wort zu mir gesagt?", fragt Heino betroffen.

„Da siehst du es, sie hat eben kein Vertrauen zu mir!", liefert er sich die Erklärung gleich selbst nach.

„Vielleicht ist sie ja in die Kneipe gekommen, um mir dir zu reden", hält Patrick dagegen. „Und nachdem du so cool zu ihr warst, hat sie der Mut verlassen!"

Heino schluckt. Patrick kann die Lage vermutlich besser einschätzen als er. Immerhin wollte er einmal Priester werden und ist deswegen so etwas wie ein Seelen-Spezialist. Außerdem erfährt er über seine Freundin Jackie alle Neuigkeiten von Kati. Ob er Kati in Friedenau besuchen soll? Vielleicht fällt es ihr zu Hause ja leichter über ihre Probleme zu reden?

Ehe er sich auf den Weg machen kann, erscheint Kati im „no limits". So sehr sie Heinos lässig-coole Masche auch verletzt, sie kann trotzdem nicht zu Hause bleiben. Sie muss ihn einfach sehen und mit ihm sprechen, auch wenn es nur belangloses Zeug ist und sie sich am Ende wieder streiten. Dieses Mal scheint es jedoch anders zu sein.

„Patrick hat mir von deinem Kummer erzählt", beginnt Heino sanft. „Ich hab mir schon überlegt, ob ich nach Friedenau kommen soll. Vielleicht ist es dir dort im Moment zu einsam. Ich dachte, wir könnten ja mal einen Tag zusammen verbringen …"

Kati macht große Augen. Sie hatte schon jede Hoffnung aufgegeben, dass Heino endlich wieder normal wird.

„Klingt gut", antwortet sie vorsichtig. „Was sollen wir denn unternehmen?"

„Keine Ahnung", entgegnet Heino. „Wir könnten auch einfach nur reden, wenn dir danach zu Mute ist!"

„Noch lieber würde ich den ganzen Mist für ein paar Stunden vergessen", gibt Kati zu. „Lass uns doch ein bisschen bummeln gehen …"

Wenig später sind sie gemeinsam unterwegs und stellen einmal mehr fest, dass es viele Dinge gibt, die sie beide mögen. Die gleichen Eissorten zum Beispiel und Zauberkünstler, die am Straßenrand die Passanten unterhalten. Den Papierblumenstrauß des Maestros findet Kati ja noch ganz komisch, aber als er das kostbare Silbermedaillon verschwinden lässt, das sie von ihrer Mutter geschenkt bekommen hat, gerät sie in Panik und will auf der Stelle ihre Kette zurück!

„Aber ja, sofort!" Der Magier macht einen großen Auftritt aus seiner Show. „Wie wäre es denn mit einem Kuss zur Belohnung?"

Das geht Kati eindeutig zu weit. Sie küsst doch keine fremden Straßenkünstler! Noch dazu so uralte!

Heino greift ein, ehe Kati wieder Dinge sagt, die sie anschließend bereut. „Bitte geben Sie meiner Freundin das Medaillon zurück, sie hängt sehr daran!"

Der Straßenkünstler zuckt mit den Achseln und zaubert Katis Schmuck unter dem Applaus der anderen Zuschauer in Heinos Hände zurück. Er will schließlich keinen Ärger mit dem Gewerbeaufsichtsamt.

Kati hat nur Augen für Heino. „Das hast du echt gut gemacht", sagt sie so inbrünstig, dass ihm zusätzlich zur Sonne noch heißer wird. Von ihr bewundert zu werden, lässt ihn zehn Zentimeter über dem Boden schweben.

„Mensch, bin ich froh!", fügt Kati hinzu, als Heino keinen Ton herausbringt. „Könnest du mir die Kette gleich wieder umhängen? Der Verschluss ist ein bisschen kompliziert ..."

Heino täte noch ganz andere Dinge für Kati. Doch so nahe bei ihr, dass er sogar die kaum zu erkennenden Sommersprossen auf ihrer zarten Haut erahnen kann, werden auch seine geschickten Hände plötzlich unbeholfen und tollpatschig. Das Medaillon rutscht ihm aus den Fingern und fällt zu Boden ...

und noch weiter! Unglücklicherweise steht Kati genau über einem Abwassergully!

„O nein!", schreit sie verzweifelt.

Heino starrt auf das Gitter, in dem Katis Medaillon soeben verschwunden ist, als hätte er noch nie etwas Ähnliches gesehen. Kann ein einzelner Mensch überhaupt so viel Pech haben? Er ahnt, welchen Schluss Kati aus diesem Vorfall ziehen wird und muss nicht lange auf ihre Vorwürfe warten. Im Nu ist das Lachen von vorhin, das Herzklopfen und das Wohlgefühl vorbei und vergessen.

„Ey, dieses Mal bin ich aber nicht schuld daran, dass das Medaillon fort ist!", mischt sich zu allem Überfluss auch der Zauberer wieder ein. Heino beugt sich ratlos über den Gully, der zum städtischen Abwassersystem gehört.

„Das ist mal wieder typisch für dich!", zischt Kati wütend. „Ich hätte es wissen müssen. Immer wenn ich gerade ein bisschen Spaß habe, machst du alles wieder kaputt! Das Beste ist wirklich, wenn jeder von uns einen großen Bogen um den anderen macht!"

„Moment mal, Kati, so warte doch ..."

Doch Kati hört Heino nicht mehr. Sie rennt davon, blind vor Tränen. Nicht einmal ihr selbst ist klar, ob sie nun weint, weil sie ihr Medaillon verloren hat, weil Heino daran schuld ist oder weil sie sich einmal mehr in einer Situation befindet, die durch und durch verkorkst ist. Barbara wird schrecklich enttäuscht sein, wenn sie erfährt, wie leichtsinnig ihre Tochter mit diesem kostbaren Familienerbstück umgegangen ist.

„Heino hat wirklich ein einmaliges Talent dafür, mir ganz besonders weh zu tun!", beschwert sie sich bei Jackie.

„Also erstens hat Heino das garantiert nicht mit Absicht getan", bringt ihre Freundin vorsichtig Ordnung in das Durcheinander, „und zweitens könntest du dich ja auch selbst darum kümmern, das Schmuckstück wiederzubekommen. Ruf doch bei den Stadtwerken an, die sind schließlich für die Abwasserkanäle zuständig!"

„Und wenn das Medaillon bereits weggeschwemmt ist?"

„Dann weißt du es wenigstens. Oder willst du den Verlust so einfach hinnehmen?"

Keines der beiden Mädchen kann natürlich ahnen, dass Katis Medaillon an einem Mauervorsprung hängen geblieben ist und Heino das kostbare Erinnerungsstück inzwischen mit Hilfe des Magiers geborgen hat. Jackie und Kati sind noch mitten in der Diskussion, als das Hausmädchen eine kleine Schachtel hereinbringt, die gerade von Heino Toppe für Kati abgegeben worden sei.

„Ist er noch draußen?", fragt Kati vorsichtig und erfährt, dass Heino auf dem Absatz kehrt gemacht hat, nachdem er das Schächtelchen übergeben hatte.

„Er hat dir ein Ersatzmedaillon besorgt", vermutet Jackie. „Wetten? Heino macht solche Sachen!"

Aber sie staunt noch viel mehr, als Kati das Original erkennt. „Liebe Güte, das sieht ja so aus, als habe er persönlich im Schlamm danach gesucht!"

Kati hört nicht zu. Da sind tausend wichtigere Fragen in ihrem Kopf. Warum hat ihr Heino das Medaillon nicht persönlich überreicht? Warum hat er die Möglichkeit zur Versöhnung in den Wind geschlagen? Weil er endgültig die Nase von ihren Temperamentsausbrüchen und ihren voreiligen Schlüssen voll hat?

Auch Patrick fragt Heino das, als er von dem Abenteuer erfährt.

„In der nächsten Zeit halte ich den Ball bei Kati besser ganz flach!", seufzt Heino in schmerzlicher Selbsterkenntnis. „Wir liegen uns ständig in den Haaren. Das Streiten, Entschuldigen und wieder Streiten bringt einfach nichts. Wir sind vermutlich zu verschieden …"

„Unsinn", widerspricht Patrick energisch. „Ich finde, ihr seid euch sogar ziemlich ähnlich. Zumindest habt ihr das gleiche Temperament und den gleichen Dickkopf."

„Ich mag Kati wirklich sehr gern, aber unsere Verhältnis steht unter keinem guten Stern", behauptet Heino traurig. „Es sieht nicht so aus, als könnte ich ihr bei ihren Problemen helfen. Sie muss wohl erst mit sich selbst ins Reine kommen."

In den nächsten Tagen geht er betont auf Abstand zu Kati. Ihren Dank für das Medaillon hat er ziemlich knapp abgeschmettert. War ja wohl selbstverständlich, dass er es geborgen hat, nachdem es ihm schließlich aus der Hand gefallen ist.

Wochen vergehen, ohne dass die beiden Dickköpfe mehr zu Stande bringen, als ihren gegenseitigen Liebeskummer sorgfältig voreinander zu verbergen. Kati hat längst alle Hoffnung auf ihren Piloten aufgegeben und Heino verbietet sich alle Träume von seiner Prinzessin.

Jackie und Patrick dagegen sind über das Stadium der Träume hinaus. Jackie hat ein tolles Angebot bekommen. Sie wird in Amerika als Fotografin arbeiten und Patrick wird sie begleiten. Die Jobs, mit denen er sich in Düsseldorf über Wasser hält, weil niemand einen Ex-Priester anstellen möchte, bekommt er in New York allemal. Und so werden Kati und Heino gleichzeitig mit der Tatsache konfrontiert, dass sie ihre beste Freundin und ihren besten Freund verlieren.

Kati hat für den Tag ihres Abflugs eine Überraschungs-Abschiedsparty in Friedenau organisiert und dabei kommt sie wieder mit Heino ins Gespräch. Im Trubel des Festes, der guten Wünsche und der Abschiedstränen fliegen immer wieder neugierige Blicke hin und her. Kati scheint es, als sei Heino ernster geworden, männlicher, nicht mehr so unbeschwert und frech wie sie ihn kennen gelernt hat.

Heino dagegen entdeckt eine neue Traurigkeit in Katis Augen und stellt wieder einmal fest, dass es kein Mädchen gibt, das sich mit ihr vergleichen lässt. Sie ist einfach die Märchenprinzessin, von der er immer geträumt hat und er kann seine Liebe zu ihr nicht einfach abhaken!

Kati ist wirklich untröstlich darüber, dass sie von ihrer besten Freundin Abschied nehmen muss. Sie gönnt Jackie und Patrick den Neuanfang in den Staaten, aber sie selbst kommt sich jetzt noch verlassener vor, als sie es ohnehin schon ist. Als das Taxi mit Patrick und Jackie durch das Tor von Friedenau fährt, ist sie am Ende ihrer Selbstbeherrschung. Der Aufbruch der Ehrengäste ist glücklicherweise auch das Signal für alle anderen Gäste. Am Ende sind nur noch leere Gläser und müde Dekorationsfähnchen in Friedenau zu finden. Jedenfalls nimmt Kati das an. Sie zuckt erschrocken zusammen, als sich hinter ihrem Rücken jemand räuspert.

„Heino! Was tust du denn noch hier?"

Eigentlich hatte er sie trösten wollen, aber nach dieser eher kühlen Reaktion stürzt er sich schlagfertig in die nächstbeste Ausrede. „Na, aufräumen helfen. Ich kann dich doch in diesem Chaos nicht allein lassen!"

Kati schnieft und versucht ihre Tränen zu verbergen. Sie will nicht, dass Heino ihren Kummer sieht und in ihrem Bemühen, normal zu wirken schießt sie wie üblich über das Ziel hinaus. „Unsinn! Für so was haben wir hier doch Dienstboten! Du kannst also ruhig gehen!"

Heino erkennt einen Rausschmiss, auch wenn er nicht so deutlich formuliert wird wie dieser. „Okay, war ja nur 'n Angebot. Schönen Tag auch!"

Er schlendert betont cool durch die Halle des Schlosses und Kati bekämpft den verrückten Impuls, ihm einfach nachzulaufen und sich an seiner Schulter auszuweinen. Vermutlich würde er sie auslachen, wenn sie so etwas Kindisches täte. Und Recht hätte er. Allerdings fühlt sie sich abscheulich im Stich gelassen, als die Tür hinter ihm zufällt. Jetzt hat sie gar keinen Menschen mehr, mit dem sie reden kann.

Auch Heino sprüht nicht gerade vor guter Laune, als er danach im „Kontur" seine Arbeit antritt. Ulli kennt das Dilemma mit Kati und versucht ihn zu trösten. „Es gibt bestimmt noch andere Gelegenheiten für euch ..."

„Nö!" Heino schüttelt verbittert den Kopf. „Du weißt doch, wie verkorkst die Geschichte mit Kati und mir ist. Das Dumme ist nur, als wir die Party gemeinsam vorbereitet haben, ist mir klar geworden, dass ich mich noch immer von ihr angezogen fühle ... Ich muss bescheuert sein, ehrlich!"

Kati kommt zu ganz ähnlichen Erkenntnissen. Warum hat sie Heino fortgeschickt? So richtig kann sie sich das selbst nicht erklären. Sie weiß nur eins: Sie muss endlich etwas unternehmen, wenn sie nicht vor lauter Einsamkeit und Kummer den Verstand verlieren will.

Also nimmt sie ihren ganzen Mut zusammen und fährt am nächsten Tag ins „no limits". Heino bekommt den Mund nicht mehr zu, als sie sich für ihre schroffe Abfuhr in Friedenau entschuldigt und ihn fragt, ob er nicht Lust hat, gemeinsam mit ihr etwas zu unternehmen?

Lust? Heino kann sich nichts Schöneres vorstellen und es ist ihm echt egal, dass seine innere Stimme ihn zur Vorsicht mahnt. Jede Sekunde mit Kati ist kostbar. Da er die Schlüssel vom „Kontur" in der Tasche hat,

Start ins Happyend? Heinos romantische Einladung trifft bei Kati genau ins Schwarze.

holen sie endlich den romantischen Abend nach, den er sich eigentlich zu seinem Geburtstag in den Kopf gesetzt hatte.

„Schön ist es hier", flüstert Kati, während er eine Flasche Wein öffnet und die passende Musik zur Untermalung sucht. „Im Moment ist mir echt nicht nach Trubel und Menschen zu Mute."

„Du vermisst Jackie sehr, was?", erkundigt sich Heino.

„Und ob", nickt Kati. „Wir haben einiges zusammen erlebt und ich habe mich immer bedingungslos auf Jackie verlassen können ..."

Heino fasst nach Katis Hand. „Es ist vielleicht nur ein schwacher Trost, aber ich bin auch noch da. Auf mich kannst du dich auch immer verlassen."

Kati ertappt sich bei einem Lächeln. Ihre Hand fühlt sich gut in Heinos Fingern an. Dummerweise endet ausgerechnet in diesem Moment die Musik und Heino muss aufstehen, um die CD zu wechseln. Sie folgt ihm und Heino fragt sie, ob sie tanzen möchte.

„Hier?"

„Ist doch genügend Platz, oder?"

Anfangs ist Kati noch ein wenig steif, aber dann schmiegt sie sich ganz eng an Heino. Irgendwie passt sie genau in seine Arme. Sie sind wie dafür gemacht. Als sie den Kopf hebt, sieht sie direkt in seine Augen, und dann ist es nur noch die Frage eines einzigen Herzschlags bis sich ihre Lippen treffen. Dieses Mal gerät kein Flugzeug ins Trudeln, nur Katis Herz stürzt ab, mitten in Heinos Arme und dem ersten Kuss folgen noch eine ganze Menge weitere Zärtlichkeiten …

Kati kommt sich vor, als würde sie auf rosaroten Wolken schweben, als sie am nächsten Tag im „no limits" vorbeischaut. Sie kann es kaum erwarten Heino zu treffen. Aber der ist voll seltsam. Er nimmt Kati kaum zur Kenntnis und will ihr einfach nicht zuhören. Immer wieder fällt er ihr ins Wort und Kati glaubt voreilig zu verstehen, was in ihm vorgeht.

„Das heißt also, du hast mal wieder ein Problem mit mir!", faucht sie ihn an. „Ist ja nicht das erste Mal. Entschuldige, dass ich dich belästigt habe. Am besten vergisst du alles, was gestern Abend gewesen ist. Es war ja ohnehin nicht besonders wichtig!"

Heino kann sie nur anstarren. Warum denkt diese verflixte Prinzessin eigentlich ständig und ausschließlich nur an sich? Wieso kann sie nie, aber auch nie, einfach mal zuhören? Er muss verrückt sein, ausgerechnet sie zu lieben!

„Schieb nicht die ganze Schuld auf Kati!", rät ihm Nina, seine Chefin im „no limits", als Kati beleidigt aus der Kneipe rennt. „Du hättest das Missverständnis doch aufklären können. Weshalb hast du ihr nicht gesagt dass du so durch den Wind bist, weil Tilman Fritzsche bei diesem schrecklichen Autorennen tödlich verletzt wurde?"

Heino zuckt mit den Achseln. So wahnsinnig viel ist

in den letzten Stunden geschehen! Während er mit Kati geschmust hat, ist Tilman bei dem Versuch gestorben, ausgerechnet diesen grässlichen Dennis an einem Autorennen zu hindern. Charlie Schneider hat gestanden, dass sie die unfallflüchtige Fahrerin ist, die Patrick verletzt hat und als Krönung all dieser Scheußlichkeiten probt Kati ausgerechnet heute einen privaten Psycho-Stunt!

„Sie begreift nicht mal fünf Minuten lang, dass sich die Welt nicht allein um Kati von Sterneck dreht!", seufzt er. „Wenn ich nicht auf der Stelle das Richtige sage, meint sie sofort wieder, ich hätte was gegen sie. Diese Frau besteht von Kopf bis Fuß aus Misstrauen!"

Nina versteht ein bisschen besser, was in Katis empfindlicher Seele vorgeht und sorgt dafür, dass man auf Friedenau von dem schrecklichen Unglück erfährt. Kati kommt postwendend ins „no limits", um den Streit beizulegen, aber Heino stellt sich ausnahmsweise stur. In diesem Moment will er weder Katis Mitleid noch ihre Zuneigung. Das ewige Hin und Her steht ihm bis Oberkante Unterlippe.

Kati findet ihre schlimmsten Befürchtungen bestätigt. Sie hat immer Pech mit Männern. Was macht sie nur falsch? In Carolin Odenthal, die auf Einladung Henning von Anstettens in Friedenau wohnt, findet sie eine teilnahmsvolle Zuhörerin für ihre Probleme.

Am Ende hat Carolin auch einen Rat für Kati. „Kann es sein, dass eure Schwierigkeiten in erster Linie darauf beruhen, dass du nicht ehrlich genug zu Heino bist? Woher soll er wissen, dass du soviel Angst hast, verletzt zu werden? Er fühlt vermutlich nur, dass du ihm nicht vertraust und das verunsichert ihn. Ohne Vertrauen gibt es keine Nähe und ohne Nähe gibt es keine Liebe!"

Kati muss ihr Recht geben. Ihre Liebe zu Heino ist ohne das nötige Vertrauen wenig wert. Wenn sie ihn wirklich haben will, dann muss sie auch das Risiko eingehen, von ihm verletzt zu werden. Ehe ihre guten Vorsätze ins Wanken geraten, fährt sie zu Heino. Er telefoniert. Er hat Patrick endlich erreicht und

Kati weiß, wie schwer es Heino fällt, Patrick beizubringen, dass Tilman bei einem Unfall ums Leben kam.

muss ihm die schlimmen Nachrichten so schonend wie möglich beibringen. Tilman und Patrick waren nicht nur Kollegen, sondern auch Freunde.

Kati sieht, wie schwer es ihm fällt, all die entsetzlichen Einzelheiten zu schildern. Als er den Hörer auflegt, entdeckt er seine Besucherin und zwingt sich zu einem Lächeln, das mehr einer verzerrten Grimasse gleicht.

„So schwer wie dieses Telefongespräch ist mir noch nie etwas gefallen", meint er bedrückt und fährt sich mit allen zehn Fingern durch die dunklen, widerspenstigen Haare. „Wieso bist du hier?"

Vor kurzer Zeit hätte Kati bei dieser schroffen Frage auf dem Absatz kehrt gemacht, aber sie ist ein Stück reifer und erwachsener geworden in den vergangenen Wochen. Sie durchschaut, dass Heino hinter der aufgesetzten Ruppigkeit seine Schwäche vor ihr verbergen möchte.

„Weil du vielleicht jemanden brauchst, der jetzt bei dir ist!", entgegnet sie leise.

Heino runzelt misstrauisch die Stirn. Eine hilfsbereite Kati, die sogar an andere denkt? Wer weiß, was da dahinter steckt.

„Ich brauche niemanden. Ich komme schon alleine klar!", lehnt er jedes Mitleid ab.

Kati gibt sie sich einen Ruck und tritt näher. „Kann schon sein, aber ICH komme nicht alleine klar. Ich brauche dich. Ich habe viel zu spät begriffen, wie wichtig du für mich bist. Kannst du mir noch einmal verzeihen? Ich habe mich unmöglich benommen!"

„Meinst du das im Ernst?"

Heino mustert prüfend Katis blasse Züge. Sie wirkt seltsam verändert auf ihn. Wann hat sie eigentlich diesen kindlich trotzigen Blick verloren, der so typisch für sie war? Heute kommt sie ihm sanft, zärtlich und viel erfahrener vor.

„Ich liebe dich, Heino!"

Heino kann es nicht glauben. Er hat doch schon längst alle Hoffnung aufgegeben! Ausgerechnet in diesem Moment, in dem er so down ist wie noch nie in seinem ganzen Leben, sagt sie ihm die Worte, die

Eine Prinzessin für den Flieger! Im Moment sind alle Missverständnisse ausgeräumt.

er sich so lange und so vergeblich von ihr ersehnt hatte. Diesmal findet er auch keinen Zweifel und kein Misstrauen in ihrem Blick. Nur Zuneigung, Sicherheit, Wärme und – Liebe!

Ein Wunder! Und es gibt bloß eine einzige, vernünftige Reaktion auf ein unerwartetes Wunder: Einen endlosen, leidenschaftlichen Kuss.

Egal, was die Zukunft ihnen bringen wird. Ab jetzt gehören sie zusammen: Die Prinzessin und ihr Flieger! Niemand wird sie je wieder trennen können!

Milli Sander & *Ulli Prozeski*

Milli meidet in diesen Tagen jeden Spiegel. Sie will sich nicht ansehen. Sie mag das Mädchen nicht, das dort erscheint. Diese dumme, traurige Gans, die den Verlobten ihrer schönen, erfolgreichen Schwester verzweifelt liebt und der jedes Mal fast das Herz

Ulli weiß um Millis hoffnungslose Liebe zu seinem Bruder Nick. Kann sie diese Gefühle je überwinden?

bricht, wenn sie Nick Prozeski mit Steffi Sander schmusen sieht. Sie versucht gewaltsam ihre eigenen Gefühle zu verdrängen und es ist ihr ziemlich egal, wer ihr dabei hilft. Sogar Ulli, Nicks kleiner Bruder, der dennoch anderthalb Köpfe größer ist als Milli, ist ihr dafür recht. Bei Ulli fühlt sie sich sicher und beschützt. Er weiß sogar um ihr großes Geheimnis.

Ein einziges Mal hat sie mit Nick geschlafen. Es war unerhört romantisch und prompt war sie auf Anhieb schwanger geworden. Milli weigerte sich, Nick mit den Folgen dieses einen Males zu konfrontieren, denn sie wusste, dass es nur ein Ausrutscher war und er ausschließlich ihre Schwester Steffi liebt. Ihr tapferer Versuch, mit allem allein zurecht zu kommen, endete mit einer heimlichen Fehlgeburt, deren körperliche Folgen sie noch immer nicht ganz überwunden hat.

„Ich weiß, dass es in Nicks Leben keinen Platz für mich gibt", gesteht Milli seinem Bruder. „Ich muss endlich einen Weg finden, mit meinem Liebeskummer fertig zu werden, ohne dass noch jemand etwas davon erfährt."

Ulli bewundert Milli für die Tapferkeit, mit der sie ihr Schicksal meistert. Er kann einfach nicht begreifen, weshalb Nick die raffinierte, komplizierte und egoistische Steffi der sanften und liebenswerten Milli vorzieht. Aber im Grunde seines Herzens ist er froh darüber. Milli ist nämlich das erste Mädchen, das ihm nach seiner Trennung von Bastiane von Dannenberg wieder etwas bedeutet. Auch wenn er im Moment nur ein guter Freund für sie sein kann, will er für sie da sein und ihr helfen. Für ihn gibt es kein Mädchen, das seine Hilfe mehr verdient als Milli.

Auch Nick bemerkt das Interesse seines Bruders für Steffis Schwester. Als Ulli Milli auch noch ein Last-Minute-Ticket für einen Kurzurlaub in Formentera schenkt, will er Genaueres von dem „Kleinen" wissen.

„Kann es sein, dass Milli mehr als ein guter Kumpel für dich ist?"

Ulli zuckt ertappt zusammen. Mit Nick über Milli zu sprechen findet er extrem schwierig. Er hat ständig

Ulli überrascht Milli mit einem Geschenk der ganz besonderen Art.

Angst, das Falsche zu sagen. „Ey, was soll diese blöde Frage? Wir sind Freunde, mehr nicht!"

„Aber ihr wärt ein Superpaar", beharrt Nick auf seiner Idee. Er ahnt, dass Milli die unglückliche Lovestory mit ihm noch nicht ganz überwunden hat. Nach Steffi ist sie immer noch das Mädchen, das er am liebsten hat. Er würde es gern sehen, wenn sie endlich einen netten Freund fände, der sie auf andere Gedanken bringt.

„Idiot!", knurrt Ulli und würde seinem Bruder am liebsten vors Schienbein treten.

Warum kann Nick nicht seine Finger von Milli lassen? Warum muss er ständig vor ihren Augen mit Steffi turteln, die auch noch überall herum erzählt, dass sie und Nick so schnell wie möglich ein Kind haben wollen? Begreift sein Bruder denn nicht, dass er damit bei Milli die Wunden wieder aufreisst, die gerade erst ein wenig verheilt sind? Was wird geschehen, wenn sie von ihrem Kurz-Urlaub nach Hause kommt?

In seiner rührenden Sorge um Millis Wohlbefinden verwandelt Ulli eine Ecke der Wohnung, die er mit Nick und Steffi teilt, in einen „Beachklub". Ein dickes Sandbett auf einer Plane, Palmen, Muscheln, Sonnenschirm und Strandliege gaukeln Ferienfeeling vor. Milli findet die Idee unheimlich süß, als Ulli ihr endlich erlaubt, ihre Augen wieder aufzumachen. Sie musste sie beim Hereinkommen schließen, um die Überraschung aus der besten Perspektive zu Gesicht bekommen. Sie genießt es sehr verwöhnt zu werden.

„Aber du musst das nicht tun, um mich von Nick abzulenken", sagt sie Ulli auf den Kopf zu. „Es geht mir wieder gut. Im Urlaub habe ich über vieles nachgedacht und endlich Abstand gewonnen. Nick ist Vergangenheit!"

Ulli schwankt zwischen Freude und Misstrauen. Er kennt Milli. Sie ist ein ganz besonderes Mädchen und sie fühlt tiefer als jeder andere Mensch, den er kennt. Er würde ihr gerne glauben, aber … „Bist du dir ganz sicher?"

„Absolut!", behauptet Milli tapfer und knabbert am Strohhalm, der in der ausgehöhlten Ananas mit dem Fruchtdrink steckt. „Es tut gut, dich wieder zu sehen!"

Ulli vergisst ganz, was er noch sagen wollte. Wenn Milli ihn so spitzbübisch ansieht, dann ist er einfach verloren. Nick ist ein Idiot!

Er hätte diese Feststellung noch ein weiteres Mal wiederholt, wäre er Zeuge geworden, wie Nick und Milli gegen Abend im „Kontur" aufeinander treffen. Nick will den Laden gerade abschließen und Milli möchte eigentlich ihre Schwester begrüßen.

„Steffi ist schon nach Hause gagangen, aber setz dich doch!", bittet Nick ganz entspannt und bietet ihr einen Stuhl an. „Ich wollte ohnehin mit dir reden. Das Thema ist ein bisschen heikel und es ist besser, du erfährst es von mir …"

„Um was geht es eigentlich?", unterbricht ihn Milli nervös.

Nick weicht ihrem Blick aus. „Tja, also ... Steffi und ich, wir haben uns entschlossen, dass wir so bald wie möglich ein Kind möchten!"

Millis ohnehin schon riesige Augen werden noch eine Spur größer, aber sonst deutet nichts auf den Schock hin, den Nick ihr eben versetzt hat.

„Ich weiß, dass das schwierig für dich zu verkraften ist", redet Nick hastig weiter. „Ich kann das verstehen, aber genau deswegen sage ich es dir ja vorher."

„Lass mal", fällt ihm Milli betont ruhig ins Wort. „Du musst dich nicht rechtfertigen. Ich weiß, dass das mit uns vorbei ist und ich kann damit umgehen. Ich will deiner und Steffis Zukunft nicht im Wege stehen. Ich wünsche euch alles Gute und viel Glück!"

Nick blinzelt verblüfft. Mit so viel Verständnis und Gelassenheit hat er nicht gerechnet. Schließlich wäre es für Milli ein Leichtes, die Bombe zwischen ihm und Steffi platzen zu lassen. Einen Seitensprung mit der eigenen Schwester würde sie ihm nie verzeihen, das weiß er. Milli ist da wesentlich großzügiger, sie sieht sowohl über den One-Night-Stand wie über die Schwangerschaft hinweg. Milli Sander ist einfach zu gut für diese Welt!

„Mach dir keine Sorgen", sagt sie nun, als könne sie jeden einzelnen seiner Gedanken lesen. „Ich würde es nie übers Herz bringen, meiner Schwester wehzutun!"

Als Nick Ulli von diesem Gespräch erzählt, macht der sich nur noch mehr Sorgen um sie. Milli hat schon so oft die Tapfere gespielt und alle anderen getäuscht. Sie neigt dazu, ihre eigenen Kräfte zu überschätzen.

„Nick hat ganz richtig gehandelt", beruhigt Milli ihren Beschützer. „Ich bin froh, dass zwischen uns alles geklärt ist. Und du musst mich eigentlich auch nicht weiter bemuttern …"

Ulli blickt verlegen zur Seite. „Ich mach's aber gern. Ehrlich gesagt kenne ich kein Mädchen, das so stark und tapfer ist wie du!"

„Na, hör mal, jetzt übertreibst du aber", wehrt Milli seine Komplimente ab. Trotzdem wirkt sie ein wenig geschmeichelt. Es tut gut, bewundert zu werden, wenn man sich so lange einsam und ungeliebt gefühlt hat.

Ullis Bewunderung für Milli bleibt auch Steffi nicht verborgen. Ganz im Geheimen hat sie sich immer ein wenig Sorgen um ihre kleine Schwester gemacht, denn bisher hatte sie wohl kein großes Glück bei Männern. Von Millis Romanze mit Nick hat Steffi keine Ahnung. Dass sie damals zu Beginn ihrer Bekanntschaft ihrer kleinen Schwester den attraktiven Fußballprofi eiskalt vor der Nase weggeschnappt hat, war nie ein Problem für sie.

Ulli ist in ihren Augen ohnehin genau der Richtige für die Kleine. Ein bisschen brav und gutmütig, aber genau das braucht Milli ihrer Meinung nach.

Als Milli ein paar Tage später im „Kontur" vorbeischaut, nutzt Steffi die Gelegenheit für ein kleines Verhör. „Ulli kümmert sich ja wirklich rührend um dich. Na, ist ja auch kein Wunder ..."

Milli kennt Steffis Art, Sätze provozierend im Nichts enden zu lassen. Sie tut ihr also den Gefallen und stellt die erwartete Frage. „Wie meinst du das?"

„Hast du das ehrlich noch nicht gemerkt?" Steffi amüsiert sich über ihre Naivität. „Der ist verknallt in dich!"

„Ulli?" Milli kann es kaum fassen. „Woher willst du das wissen?"

„Das sieht doch ein Blinder", behauptet Steffi überheblich. „Außer meiner kleinen Schwester natürlich", fügt sie boshaft hinzu. Sie kann es nicht lassen, sogar in diesem Moment ein wenig zu sticheln.

Milli wirft ihr einen vernichtenden Blick zu, aber Steffi nimmt ihn gar nicht zur Kenntnis. Sie stellt sich und ihre Pläne nie in Frage.

Auch in den nächsten Tagen kümmert sich Ulli rührend um Milli. In jeder freien Minute ist er für sie da und Milli fragt sich natürlich, was tatsächlich dahinter steckt. Hat er Angst davor, allein zu sein, wenn Nick und Steffi erst verheiratet sind? Ganz vorsichtig versucht sie ihn dabei ein wenig auszuhorchen.

„Wie fühlst du dich eigentlich bei dem Gedanken, dass dein großer Bruder heiratet und eine eigene Familie gründet?", fragt sie ihn betont beiläufig.

Die Arbeit im „Kontur" macht Milli Spaß, aber Ulli fragt sich, was in ihr vorgeht, wenn sie Nick tagtäglich über den Weg läuft.

„Ist schon ein komisches Gefühl", gibt Ulli offen zu. „Damit ist er wohl endgültig erwachsen. Aber ich freue mich für ihn."

„Stimmt", nickt Milli melancholisch. „Steffi und Nick sind ein richtiges Traumpaar. Es ist schön, wenn zwei Menschen, die so offensichtlich zusammengehören, auch zusammenfinden …"

Sie wartet auf Ullis Antwort, aber der tut so, als wäre er ausschließlich mit seinem Fahrrad beschäftigt. Entweder hat er den Wink mit dem Zaunpfahl nicht verstanden oder Steffi täuscht sich in ihren Vermutungen. Milli weiß selbst nicht, welche Version ihr lieber ist. Sie ist gern mit Ulli zusammen, aber sie hat einfach noch nicht den Mut, das Wort Liebe auch nur ein zweites Mal überhaupt nur zu denken. Am liebsten wäre es ihr, wenn sie schlicht Freunde sein könnten.

Aber da hat sie ihre Rechnung ohne Steffi gemacht. Die kann es nicht lassen, Ulli schon morgens auf das Frühstücksbrötchen zu schmieren, dass sie Milli von seiner Schwäche für sie erzählt hat. Ulli schnappt nach Luft und erklärt Steffi in aller Ausführlichkeit, dass sie sich gefälligst nicht in seine Angelegenheiten mischen soll. Sie ist mit Nick verlobt und nicht mit ihm!

Steffi versteht seine Aufregung nicht. „Was willst du, ich habe nur das Beste für dich und Milli im Sinn. So ungeschickt, wie ihr beiden seid, solltet ihr für ein bisschen Anschubsen lieber dankbar sein!"

„Halt dich bloß aus meinem Leben raus!", brüllt Ulli wütend. „Und die Sache mit Milli ist völliger Blödsinn! Du meinst wohl, weil du gerade im Liebestaumel bist, müssen es alle anderen auch sein!"

Steffi rümpft beleidigt die Nase und Nick verdreht die Augen. Als seine Verlobte außer Hörweite ist, fragt er jedoch nach, ob das mit Milli wirklich „Blödsinn" ist.

„Nein", gibt Ulli zögernd zu. „Aber das muss Steffi doch nicht überall herum posaunen. Du weißt selbst, was Milli alles hinter sich hat. Man kann sie nicht einfach überrumpeln, man muss behutsam mit ihr sein. Ganz vorsichtig … Wer weiß, ob sie überhaupt bereit ist, sich wieder von Neuem zu verlieben …"

Im Grunde weiß Milli das nicht einmal selber. Sie vertraut ihrem Tagebuch das Wirrwarr ihrer Gefühle an. Sie hat Ulli schon immer unheimlich „nett" gefunden. Aber ist „nett" nicht eher das richtige Wort für einen guten Freund? Für einen Kumpel, mit dem man durch dick und dünn geht? Und abgesehen davon ist Ulli Nicks Bruder. Wenn sie sich auf eine Beziehung mit ihm einlässt, bedeutet das ja wieder unmittelbare Nähe zu Nick, dem sie aus dem Weg gehen will. Wer weiß, wie alles gekommen wäre, wenn sie nicht bei Jessicas und Alexanders Hochzeit mit Nick geschlafen hätte …

Steffi hat mit ihren Bemerkungen im Grunde nur eines geschafft: Milli und Ulli können nicht mehr unbefangen miteinander umgehen. Völlig verkrampft suchen sie nach Gesprächsthemen, bis Milli die Sache zu dumm wird.

„Kannst du mir mal sagen, was seit Neuestem mit dir los ist?"

Ulli druckst herum und rückt letztendlich doch mit der Wahrheit heraus. „Es ist wegen Steffi! Ihr blödes Gerede, dass ich angeblich in dich verliebt bin … also, ich wollte dir nur sagen, dass sie in ihrer typischen Art mal wieder übertrieben hat."

„Ist mir klar", behauptet Milli. „Ich habe ihr sowieso nie geglaubt. Du kennst doch meine große Schwester."

Ulli schenkt ihr ein unsicheres Lächeln und Milli lächelt vorsichtig zurück. Es gibt Momente, in denen würde sie Steffi liebend gern umbringen, auch wenn sie ihre große Schwester ist. Hoffentlich wird sie ein wenig ruhiger, wenn dieser ganze Hochzeitsrummel endlich vorbei ist. Steffi besteht auf einem rauschenden Fest. Die standesamtliche Trauung findet in wenigen Tagen statt. Danach die kirchliche Hochzeit mit allem Trara und jeder Menge geladener Gäste.

„Mir wäre dieser ganze Rummel echt zuviel", gesteht Milli Nicks Bruder bei einem Spaziergang im Park.

„Das sehe ich genauso", meint Ulli. „Wenn ich mal heirate, dann nur in kleinster Besetzung."

„So wie bei Romeo und Julia", fügt Milli träumerisch hinzu. „Nur ein Priester und das Liebespaar, das stelle ich mir schön vor!"

„Klingt romantisch", findet Ulli und fügt viel sagend hinzu: „Meinst du, dass ich dabei sein kann, wenn du heiratest?"

Milli lächelt verschmitzt. „Mal sehen, ob sich das organisieren lässt! Aber jetzt sollten wir uns besser auf die Socken machen, sonst wird das nichts mit den Vorbereitungen für Steffis Superhochzeitsfeier-Essen morgen Mittag, nach dem Standesamt!"

Zu Hause berichtet ihnen Nick, dass sie alle gerade

haarscharf an einer Katastrophe vorbei geschlittert sind. Steffi hat Millis Brautjungfernkleid in ihr Zimmer gehängt und dabei ihr Tagebuch gefunden. Jenes Tagebuch in dem in epischer Breite Millis Gefühle für Nick, ihr Seitensprung und ihre unglückliche Schwangerschaft geschildert stehen.

Im letzten Moment ist es Nick gelungen, Steffi davon abzuhalten, das alles nachzulesen, aber der Schreck steckt Milli bereits in allen Knochen. Steffi darf nie etwas davon erfahren! Wenn sie wirklich mit der Vergangenheit Schluss machen will, dann muss sie sich auch von ihrem Tagebuch trennen.

Was tun? Fast hätte Steffi Millis Tagebuch gefunden! Mit Ullis Hilfe findet Milli einen drastischen Ausweg.

Wie immer ist es Ulli, der ihr bei diesem schweren Schritt beisteht. Er legt ihr auch tröstend den Arm um die Schultern, als sie das Buch ihrer Geheimnisse in das kleine Lagerfeuer wirft, das er in einer versteckten Ecke des Parks extra dafür entzündet hat.

„Es kommt mir vor, als würde ich meine Vergangenheit verbrennen", seufzt sie mit tränenerstickter Stimme. „Aber gleichzeitig bin ich auch froh darüber. Jetzt wird Steffi niemals etwas von mir und Nick erfahren!"

Sie starrt in die Flammen und Ulli sieht auf Millis traurig gesenkten Kopf. Er fühlt, wie bekümmert sie ist und was diese Geste für sie bedeutet. Es ist typisch Milli, dass sie sich sogar von ihren liebsten Erinnerungen trennt, nur damit Steffi wirklich gefahrlos glücklich werden kann.

Am nächsten Vormittag steht die standesamtliche Trauung von Nick und Steffi auf dem Programm. Milli, Ulli und ihre Freunde Gabriella und Frank haben das frisch verheiratete Paar und die Familie danach zu einem selbst gekochten Essen eingeladen. Schon die Einkaufsschlacht davor wird zu einem Riesenspaß. Gabriella, die erst seit kurzem im Hause Sander/ Brandner wohnt, stupst Milli in die Seite und sagt ihr, dass sie ihren Lover unheimlich süß findet.

Milli wird total verlegen. „Ulli ist lediglich ein guter Freund", korrigiert sie Gabriella.

„Ehrlich?" Gabriella kichert wie ein Kobold. „Ich finde, ihr passt fantastisch zusammen. Du solltest dir mal überlegen, ob du nicht mehr von ihm willst!"

Milli versucht ihre Verlegenheit zu überspielen. Sie mag Gabriella, aber über Ulli möchte sie nicht mit ihr sprechen. Dabei sieht sie selbst, dass es tatsächlich jede Menge Gemeinsamkeiten zwischen ihnen gibt. Nicht nur, dass sie über dieselben Witze lachen können, sie mögen die gleichen ausgefallenen Eissorten und ihr Musikgeschmack ist geradezu identisch.

Seltsam. Bei Nick hat sie sich nie gefragt, ob sie zusammenpassen. Vielleicht, weil ihre Gefühle für ihn so tief, so leidenschaftlich waren. Bei Ulli geht alles langsamer. Da entsteht ein Bild, das sich aus Tausenden von kleinen Mosaiksteinchen zusammensetzt und immer liebenswerter wird. Auch die Kocharie in der Brandner-Küche bestätigt die gegenseitige Harmonie. Sie arbeiten Hand in Hand, als ob sie nie etwas anderes getan hätten und als Ulli ihr einen Sahnespritzer vom Mundwinkel einfach wegküsst, wird Milli feuerrot.

„Sorry!", entschuldigt sich Ulli verlegen. „Ich wollte dich nicht ... ich meine ... ich sollte ..."

Ehe er sich noch mehr verheddert, kommen Frank und Gabriella mit dem vergessenen Parmesankäse zurück. Der Zufall hilft ihnen beiden aus der peinlichen Situation, aber Milli gerät trotzdem immer mehr ins Staunen. Es war ihr – ganz im Geheimen – nicht unangenehm, dass Ulli sie geküsst hat!

Glücklicherweise kommt sie nicht dazu, lange darüber nachzugrübeln. Sie werden gerade noch rechtzeitig fertig, um das frisch getraute Ehepaar Prozeski unter großem Hallo willkommen heißen zu können.

Steffi rümpft bei der Begrüßung ein wenig die Nase. „Also, dass das klar ist. Ich bleibe Steffi Sander! Ich behalte meinen Namen!"

Nicht einmal Ulli kann ihr das verübeln und im Trubel der allgemeinen herzlichen Glückwünsche stehen sich auch Nick und Milli plötzlich gegenüber. Beide zögern sie vor der Umarmung und beenden sie ziemlich hastig. Ulli fällt es natürlich auf, da er die beiden mit Argusaugen beobachtet. Millis gespielte Tapferkeit tut ihm in der Seele weh. Diese Hochzeit ist garantiert keine gute Medizin für ihren verborgenen Liebeskummer. Aber vielleicht kann ER diesen Kummer ja heilen. Ihre Reaktion auf den Kuss in der Küche war zumindest nicht ausgesprochen negativ ...

Ulli pflegt seine Illusionen, bis er wenig später zufällig ein Gespräch belauscht, das Steffi und Milli in der Küche führen, während sie die Vorspeiseteller in die Spülmaschine räumen. Steffi will wissen, wie die Dinge zwischen ihrer Schwester und Ulli stehen.

„Hat es endlich gefunkt zwischen euch beiden? Ulli ist doch sicher mehr als ein guter Freund für dich?", hört er sie fragen. Gespannt wartet er auf Millis Antwort.

„Was redest du nur für Blödsinn!", faucht Milli wütend. „Hör endlich auf, mir Wunder was andichten zu wollen. Ich mag Ulli ganz gern, aber mehr ist da nicht, kapiert?"

Ulli schießt das dumme Sprichwort vom Lauscher an der Wand durch den Kopf. Da hat er die Antwort auf alle seine Fragen. Er hat Milli überrumpelt, zu sehr bedrängt und nun geht sie auf Distanz. Mit einem Mal erinnert er sich wieder an ihr Gesicht, als sie vorhin Nick und Steffi gratuliert hat. Sie hängt an Steffis nagelneuem Mann. Milli ist kein Mädchen, das Gefühle so einfach abstreift und vergisst. Genau das ist es doch, was ihm so gut an ihr gefällt!

Aber Milli hat auch eine äußerst sensible Antenne für andere Menschen. Sie merkt sofort, dass Ulli sich von ihr zurückzieht. Was ist geschehen? Heute Vormittag in der Küche war noch alles easy und Spaß, und nun tut er plötzlich so, als habe sie zwei Köpfe bekommen, von denen ihm keiner so richtig gefällt.

„Du, Ulli, ich glaube wir müssen mal miteinander reden!" Milli lässt ihn nicht gehen, sondern lotst ihn behutsam in ihr Zimmer, als sich alle anderen verabschieden. „Ich möchte nicht, dass es irgendwelche dummen Missverständnisse zwischen uns gibt."

„Gibt es nicht", schnappt Ulli. „Ich hab nur gehört, was du Steffi gesagt hast. Aber das war klar."

„Du hast es trotzdem falsch verstanden. Ich möchte einfach nicht, dass Steffi etwas an die große Glocke hängt, das noch gar nicht spruchreif ist. Du kennst sie doch!"

„Aber ich verstehe ja, dass du noch an Nick hängst", platzt Ulli heraus.

„Nick war meine große Liebe", gibt Milli vorsichtig zu. „Ich brauche noch ein bisschen Zeit, um darüber hinwegzukommen. Aber du liegst mir auch am Herzen. Es kann ja sein … ich meine … vielleicht wird wirklich irgendwann mehr aus unserer Freundschaft …"

Ulli blinzelt verblüfft. So weit hat sich Milli noch nie vorgewagt.

„Du meinst …" Er bricht ab und fängt von Neuem an. „Also ich verstehe dich und ich will dich in keiner Weise drängen …"

„Das weiß ich", lächelt Milli so sanft, dass Ulli geradezu paralysiert in ihren großen dunklen Augen versinkt.

Steffi ist glücklicherweise so in die Vorbereitungen für ihre kirchliche Trauung vertieft, dass Millis Seelenleben im Moment vor ihr in Sicherheit ist. Zwischen einem ganz privaten Fotoalbum für Nick und dem anstehenden Brautpaar-Gespräch beim Pfarrer, findet sie kaum noch Zeit für ihre kleine Schwester.

Nick hingegen merkt, dass Ulli mehr denn je auf seine kleine Schwägerin abfährt. Warum redet er nicht endlich mit Milli?

„Hab ich doch!", überrascht ihn Ulli. „Sie will einfach, dass ich ihr noch ein bisschen Zeit lasse. Sie mag zwar ihr Tagebuch verbrannt und mit der Vergangenheit abgeschlossen haben, aber ich bin mir nicht sicher, ob sie wirklich schon alles überwunden hat."

„Dann lass ihr wirklich Zeit", rät Nick. „Milli ist ein tolles Mädchen und ich wünsche ihr den besten Freund, den sie kriegen kann!" Da er zu diesen Worten den Arm um seinen Bruder legt, ist klar, wen er damit meint.

Fast ein wenig verlegen über diese Demonstration brüderlicher Zuneigung, befreit sich Ulli. „Mach ich doch", sagt er leise. „Milli bedeutet mir so viel, dass ich nicht möchte, dass etwas zwischen uns steht!"

Nick muss an diese Bemerkung denken, als der Pfarrer ihm und Steffi im Traugespräch ans Herz legt, dass eine Ehe ohne Offenheit, Ehrlichkeit und Respekt voreinander keine Chance hat. Milli und Ulli haben ihm Gegensatz zu ihm und Steffi keine Geheimnisse voreinander. In diesem Moment beneidet er die beiden heftig darum.

Die Folgen von Nicks Gewissensbissen finden wenige Tage später bei der kirchlichen Trauung mit Steffi einen dramatischen Höhepunkt. Milli, die als Brautjungfer im knisternden Seidenkleid hinter ihrer Schwester steht, glaubt sich verhört zu haben, als sein „NEIN!" durch die Kirche schallt. Sprachlos vor Entsetzen starrt sie erst ihn und danach Steffi an, deren glückliches Lächeln zu einer Maske des Unglaubens erstarrt ist.

Sie hört kaum, dass der Priester ebenso ungläubig Nick ein zweites Mal um den Eheschwur bittet und dieser erneut „Nein!" sagt. Erst, als Steffi Nick wie eine Furie den Brautstrauß vor die Füße pfeffert und aus der Kirche stürmt, ist ihr klar, dass sie dies alles nicht geträumt haben kann. Was um Himmels willen ist in Nick gefahren?

„Hol sie zurück!" Milli zerrt an Nicks Arm, als könne sie ihn so zur Vernunft bringen. „Das kannst du ihr nicht antun. Lauf ihr nach! Warum hast du das getan?"

„Das weißt du doch ganz genau!", sagt Nick kalt und macht sich aus ihrem Griff los, ehe er den Gang entlang die Kirche verlässt.

Milli will ihm folgen, aber Ulli schüttelt den Kopf. „Ich gehe! Ich bringe ihn schon zu Vernunft, das verspreche ich dir!"

Milli hat ihre Zweifel. Da war etwas in Nicks Blick, das ihr eine Gänsehaut verursacht. Sie kann sich nicht helfen. Sie hat Angst und es stellt sich schnell heraus, dass sie diese Angst zu Recht hat. Nick erleichtert sein empfindliches Gewissen und gesteht Steffi endlich, dass er sie nicht heiraten konnte, ohne ihr zuvor zu sagen, dass er der Vater des Babys ist, das Milli verloren hat.

Steffi ist doppelt außer sich. Zum einen fühlt sie sich durch die Szene vor dem Altar entsetzlich gedemütigt, zum anderen glaubt sie, dass sie von ihrer Familie nach Strich und Faden betrogen wurde. Alle scheinen gewusst zu haben, dass Milli mit Nick geschlafen hat und ein Kind von ihm erwartete. Und alle haben mitgeholfen, sie zu belügen und es vor ihr zu verheimlichen. Millis große Schwester zieht harte Konsequenzen. Sie trennt sich von ihrer Familie, verlässt das Haus und will mit niemandem reden. Schon gar nicht mit Nick, dessen Frau sie nach der standesamtlichen Trauung trotz allem ist.

Milli ist verzweifelt. Sie gibt sich die Schuld an den Vorfällen. Hätte sie nicht ihrem Wunsch nachgegeben, um jeden Preis mit Nick zusammen zu sein, wäre all dies nicht passiert. Aber jeder Versuch sich mit Steffi auszusprechen, scheitert an deren Dickkopf. Steffi ist enttäuscht von ihrer Familie und sie kennt nur noch einen einzigen Wunsch: Rache! Sie sollen alle so leiden, wie sie jetzt leidet! Sie will weder Millis Erklärungen hören, noch ist sie bereit ihr zu verzeihen.

„Du hast ihn von Anfang an gewollt und du hast ihn dir bei der erstbesten Gelegenheit genommen!", wirft sie Milli vor. „Also, spar dir dein scheinheiliges Getue!"

Ulli ist der einzige Mensch, der Milli in diesen Tagen versteht. Er hat dieselben Probleme mit seinem Bruder, die sie mit ihrer Schwester hat. Keiner von beiden ist bereit, auf die Stimme der Vernunft zu hören und jeder ist davon überzeugt, völlig richtig gehandelt zu haben.

Steffi toppt den Skandal noch, indem sie in die Pension über dem „no limits" zieht und dort eine Lovestory mit Dennis anfängt. Ausgerechnet mit Dennis Krüger, Nicks Erzfeind! Milli versteht die Welt nicht mehr. Sie versucht sich abzulenken, indem sie Ulli während der Osterferien im „Kontur" hilft.

Sie traut kaum ihren Augen, als Steffi zusammen mit Dennis in dem Laden auftaucht und eine Spitze nach der nächsten auf den abwesenden Nick abschießt. Sie turtelt vor Ulli und Milli mit Dennis herum und lässt keinen Zweifel daran, dass er jetzt die Nummer eins in ihrem Leben ist. Sie wählt eine sündhaft teure Lederjacke für ihn aus und drückt Ulli ganz beiläufig das Etikett in die Hand. „Mein lieber Mann kommt dafür auf!"

Milli hat Mühe, Ulli davon abzuhalten, mit den Fäusten auf den grinsenden Dennis loszugehen. Dabei ist sie selbst völlig außer sich. Die Art und Weise, wie Steffi sie einfach nicht zur Kenntnis nimmt, kränkt sie zutiefst. Sie weiß, dass ihre Schwester verletzt ist, aber warum gibt sie ihr nicht wenigstens die Möglichkeit, alles zu erklären?

„Und ich Idiot hab mich wegen Steffi sogar mit Nick verkracht!" Ulli ist nach Steffis Auftritt mit Dennis der Doppelnull völlig klar, wer die Schuld an dem ganzen Durcheinander trägt.

„Ach? Und dein Bruder mit seinem Wahrheitswahn, der Steffi am Altar einfach stehen lässt, ist das Unschuldslamm?", platzt Milli wütend heraus. „Denkst du Steffi hätte sich grundlos mit Dennis eingelassen? Sie will doch nur Nick eins auswischen!"

Ulli hat schon den Mund geöffnet, als ihm einfällt, dass ein Streit mit Milli nun wirklich nicht das Gelbe vom Ei ist. Sollen Nick und Steffi doch selbst sehen, wie sie das Chaos in Ordnung bringen, das sie aus ihrem Leben gemacht haben.

Milli registriert dankbar, dass Ulli keine Lust auf Streit hat. Ihr reicht es schon, dass sie sich selbst ständig Vorwürfe macht. Auf zusätzliche Konflikte kann sie wirklich verzichten. Ulli hält sich an die unausgesprochene Bitte. In den nächsten Tagen sagt er weder, was er von Steffi hält, noch berichtet er von Nick, der erst einmal das Weite gesucht hat und sich irgendwo in Italien herumtreibt. Es überrascht Ulli nicht einmal, dass er dabei sogar ein wichtiges Ereignis, nämlich den 18. Geburtstag seines kleinen Bruders vergisst.

Niemand scheint dieses Fest zur Kenntnis zu nehmen. Nicht einmal Milli. Die Blumen, die er ganz hoffnungsvoll für seinen Geburtstagsstrauß hält, sind für den Laden bestimmt und auch Heinos vermeintliches Geschenkpaket für ihn entpuppt sich als stinknormale Warenlieferung.

Der sensiblen Milli fällt jedoch sehr wohl auf, dass Ulli an diesem besonderen Tag extrem schlecht gelaunt ist. Da er sämtliche Rückfragen abschmettert, ist detektivischer Spürsinn gefragt. Unter der Tagespost, die unsortiert auf dem Counter liegt, entdeckt sie schließlich des Rätsels Lösung. Ullis Bank gratuliert ihm in der Hoffnung auf künftige gute Geschäfte zur Volljährigkeit! Kein Wunder, dass er so bedrückt ist, wenn das die einzigen Glückwünsche sein sollen, die er an diesem Tag erhält.

Ulli muss sich wohl oder übel damit abfinden, dass es keine Menschenseele interessiert, dass er heute volljährig wird. Von allen im Stich gelassen feiert er nach Geschäftsschluss seinen Geburtstag allein im „Kontur" und schenkt sich ein Glas Champagner ein. Dann gratuliert er sich eben ganz einfach selbst!

„Wir haben schon geschlossen!", ruft er muffig, als sich die Ladentür noch einmal öffnet. Milli lässt sich von seinem Ton nicht einschüchtern.

„Mensch, was ..."

„Alles Gute zum Geburtstag!", strahlt sie und hält ihm die selbst gebackene Torte mit den 18 brennenden Kerzen hin. „Möchtest du sie nicht ausblasen?"

Ulli leuchtet mit den Kerzen um die Wette, als Milli ihm jetzt noch ihr Geburtstagsgeschenk präsentiert. Hinter dem grinsenden Gummi-Delphin versteckt sich die Patenschaft für einen echten, lebenden Delphin.

„Ich dachte, du freust dich vielleicht, weil du doch so auf Meeresbewohner stehst!", sagt sie ein wenig schüchtern und deutet auf das große Aquarium im „Kontur", das Ullis ganz persönliches Hobby ist.

„Echt, damit liegst du genau richtig!", versichert ihr Ulli und umklammert den Delphin ganz fest, damit er nicht in Versuchung gerät, Milli einfach in die Arme zu nehmen und zu küssen. Er würde es schrecklich gern tun, aber er ist sich immer noch nicht sicher, wie sie darauf reagieren würde.

Milli gefällt seine Zurückhaltung. Bei Ulli fühlt sie sich einfach gut, sicher und geborgen.

„Dich hat es ja ganz schön erwischt!", sagt ihr Gabriella auf die Nasenspitze zu, als sie ihr von der Geburtstagsfeier im „Kontur" berichtet.

Milli weicht verlegen ihrem Blick aus. „Ich hab Ulli einfach sehr gern! Er ist einfühlsam, sensibel und wir empfinden viele Sachen sehr ähnlich …"

„Klar", nickt Gabriella. „Ihr seid wie füreinander geschaffen! Du bist einfach zu schüchtern! Warum wirfst du nicht deine dummen Bedenken über Bord und zeigst Ulli, wie viel er dir bedeutet?"

Milli kann nicht ahnen, dass Ulli zur gleichen Zeit mit Heino ein ganz ähnliches Gespräch führt.

„Ich glaube schon, dass sie mich mag", gesteht er ihm. „Aber wie soll ich herausfinden, ob sie wirklich mehr von mir will? Milli ist nicht der Typ Mädchen, bei dem man einfach mit der Tür ins Haus fallen kann!"

Heino hat Mitleid mit dem ratlosen Ulli. Er weiß nur zu gut, wie einem zu Mute ist, wenn man ein Mädchen liebt und keine Ahnung hat, was sie selbst für einen empfindet. Da muss man sich schon etwas ganz Besonderes einfallen lassen und tatsächlich hat er einen heißen Tipp für seinen Freund.

Klar, dass Milli vor Neugier völlig aus dem Häuschen ist, als Ulli ihr eine Überraschung verspricht und sie in die Wohnung einlädt, die er nun, nachdem Nick vereist und Steffi ausgezogen ist, ganz allein für sich hat. Mit der Ausstattung für diesen besonderen Anlass hat er sich eine Menge Mühe gemacht. Milli staunt über das gedämpfte Licht, die Deko-Sterne, den Mond und die romantische Atmosphäre.

„Was ist das denn für ein Sternbild?", erkundigt sie sich neugierig, als Ullis Dekorationskünste eine Formation besonders ins Licht rücken.

„Das Sternbild des Delphins", verrät er ihr geheimnisvoll. „Hast du gewusst, dass in seiner Galaxis ein Stern existiert, der Milena heißt?"

Milli lacht gerührt. „Hey, du bist süß, aber deswegen musst du mir keinen solchen Bären aufbinden!"

„Von wegen!" Ulli spielt den Entrüsteten. „Ich dachte du vertraust mir! Aber bitte, wenn du es schwarz auf weiß haben willst! Hier!"

Milli blinzelt, als ihr Ulli eine amtlich aussehende Urkunde vor die Nase hält. „Du hast mir einen Stern geschenkt?", stammelt sie fassungslos.

„Genau genommen ist es so ähnlich wie mit dem Delphin", korrigiert er ehrlich. „Es ist nur eine Patenschaft. Aber es gibt so viele Sterne dort, dass ich tatsächlich einen von ihnen taufen durfte. Er heißt jetzt wirklich und wahrhaftig Milena!" Er macht eine bedeutungsvolle Pause. „Ich finde, das ist ein wunderschöner Name für einen Stern!"

Milli ist überwältigt. „So ein wunderschönes Geschenk hat mir wirklich noch niemand gemacht!", strahlt sie Ulli an. „Ich weiß gar nicht, wie ich dir danken soll!"

Ulli blickt tief in Millis Augen und findet nichts als Zuneigung dort und das Strahlen, das früher einmal Nick gegolten hat und so lange daraus verschwunden war ... Er nimmt gerade seinen ganzen Mut für einen ersten Kuss zusammen, als das Telefon klingelt.

Ein Glück, dass er wenigstens den Anrufbeantworter eingeschaltet hat – oder doch nicht? Denn jetzt platscht ausgerechnet Heinos lässige Frage wie ein eisiger Guss zwischen ihn und Milli.

„Ich wollte nur mal fragen, wie Milli die Idee gefallen hat?", tönt es durch den Raum. „Hast du es mit dem Stern endlich geschafft sie herumzukriegen?"

Milli zuckt zusammen und geht blitzartig auf Distanz. Sie hat bereits ihre Tasche in der Hand, als Ulli überhaupt reagieren kann.

„Du hast das total falsch verstanden, Milli! Hör mir bitte erst mal zu, ich muss ..."

„Ich hab das schon richtig verstanden", schluchzt Milli und versucht ihre Tränen vor Ulli zu verbergen.

„Und ich hab gedacht, du meinst es ernst mit mir! Da muss ich mich wohl getäuscht haben. Da!"

Ehe Ulli begreift, was sie ihm da in die Hand drückt, klappt bereits die Tür und Milli ist auf und davon. Als er nach unten sieht, merkt er, dass es die Urkunde für den Stern ist. Verdammt! Wieso musste Heino ausgerechnet in diesem Moment anrufen? Und warum kann er nicht endlich mal seine schrägen Sprüche abstellen? Jetzt ist schon alles vorbei, ehe es richtig angefangen hat ...

Heino ist das schlechte Gewissen in Person, als er von Ulli erfährt, welchen Bock er mit seinem Anruf geschossen hat. Ihm fällt nur eine Möglichkeit ein, die Sache wieder gerade zu biegen. Er muss Milli alles erklären.

Milli ist nicht gerade begeistert von seinem Besuch. „Ulli hat dich geschickt, was?"

„Nö, ich bin aus eigenem Antrieb gekommen. Ich wollte mich für den Mist entschuldigen, den ich dahergeredet habe. Ich könnte mich echt ohrfeigen ..."

Milli widerspricht ihm nicht. Aber eines interessiert sie trotz allem. „Warum redet Ulli mit dir über mich?"

Heino schenkt ihr sein schiefstes Grinsen. „Vielleicht weil er so ratlos ist. Er sucht ständig nach irgendwelchen Möglichkeiten dir nahe zu sein, dir seine Gefühle zu zeigen. Aber du machst es ihm wirklich nicht gerade leicht ..."

Heino hat nicht ganz Unrecht und da er zufällig das Gleiche sagt wie ihre neue Freundin Gabriella, fallen seine Worte bei Milli nicht durch den Raster. Sie sieht ein, dass sie Ulli zumindest die Gelegenheit geben muss, über alles zu reden. Es wäre doch schade, wenn sie die gleichen Fehler wie Nick und Steffi machen würden. Mit Dickköpfigkeit kommt man schließlich in Herzensdingen nicht sehr weit.

Ulli staunt nicht schlecht, als Milli und Heino wie gute Freunde nebeneinander ins „Kontur" marschiert kommen. Eben noch hat er Millis Gummidelphin seinen Frust anvertraut und nun steht sie persönlich vor ihm und ist bereit, die Missverständnisse aufzuklären. Wenn er nicht ohnehin schon rettungslos in sie verliebt gewesen wäre, wäre es jetzt bombensicher passiert.

„Wenn du bei deinem Geschenk keine Hintergedanken gehabt hast", beginnt Milli vorsichtig, „willst du mir dann nicht verraten, weshalb du es mir wirklich gegeben hast?"

Hinter Ullis Stirn jagen sich die Gedanken. Was soll er tun? Schwulst reden? Die Wahrheit sagen? Die letzte Möglichkeit bekommt den Zuschlag, auch wenn er Milli dabei nicht in die Augen sehen kann, weil er so nervös ist.

„Du weißt doch, was ich für dich empfinde. Aber … irgendwie hatte ich nach der geplatzten Hochzeit und dem ganzen Chaos immer den Eindruck, dass Nick zwischen uns beiden steht. Deswegen hatte ich einfach nicht den Mut, von meinen Gefühlen zu reden …

Und das mit dem Stern … Ich wollte dich nicht überrumpeln. Aber ich wollte eben herausfinden, ob ich mehr für dich bin als Nicks kleiner Bruder!"

Milli ahnt, dass sie ebenfalls die Wahrheit sagen muss, wenn sie Ulli nicht verletzen will. Aber sie wählt eine wortlose Art der Antwort. Sie stellt sich auf die Zehenspitzen und küsst ihn. Sehr zärtlich und sehr lange, bis sie spürt, dass er ihren Kuss beantwortet.

Ulli ist der Erste von ihnen, der wieder Worte findet, als sie sich nach einem langen, wundervollen Kuss in die Augen sehen. „Heißt das, du willst mit mir zusammen sein?", fragt er mit belegter Stimme.

Milli nickt stumm, aber ihr Lächeln sagt Ulli alles, was er wissen will. Nick hat nie so ein wundervolles Lächeln auf Millis Gesicht gezaubert. Es ist glücklich, fröhlich und auf eine Weise sanft, dass er sie am liebsten gleich wieder küssen würde. Tief in seinem Herzen schwört er sich, dass er ihr nie so wehtun wird wie sein großer Bruder. Milli verdient wirklich alle Liebe dieser Welt, nachdem sie bisher nur die Schattenseiten kennen gelernt hat.

Milli kann seine Liebe ebenso brauchen wie seine Unterstützung, denn als Nick von seiner Reise zurückkommt, hat sie einen höchst verletzenden Streit mit ihm. Nick wirft ihr vor, dass sie an dem Chaos zwischen ihm und Steffi Schuld hat. Hätte sie nicht so ausdrücklich darauf bestanden, dass er den Seitensprung um jeden Preis geheimhält, er hätte Steffi längst alles gesagt und ihnen beiden die schreckliche Szene vor dem Altar erspart.

„Ich wollte immer nur das Beste für uns alle!" verteidigt sich Milli unter Tränen. „Hättest du Steffi mit deinem plötzlichen Wahrheitsfanatismus verschont, wäre sie jetzt glücklich an deiner Seite, als deine FRAU!"

Ulli gibt ihr Recht und schon liegt er sich ebenfalls mit seinem Bruder in den Haaren. So sehr er Nick mag, er kann es nicht zulassen, dass er seinen Ärger an Milli auslässt. Schließlich ist sie das unschuldigste Opfer dieser ganzen verhängnisvollen Affäre. Dass Milli sich in seinen Armen ausweint, kann er gut ertragen, aber dass sie sich jetzt schreckliche Sorgen darüber macht, dass Nick sie hassen könnte, bringt ihn von Neuem ins Grübeln. Wenn Milli die Sache mit Nick wirklich überwunden hätte, müsste es ihr doch eigentlich egal sein, ob er sie hasst oder nicht!

Milli ahnt weder etwas von seinen Befürchtungen, noch davon, dass sie in ihrer Unsicherheit das passende Opfer für Steffis Rachepläne an Nick ist. Gemeinsam mit Dennis hat sie beschlossen, Nick um seine Hälfte vom „Kontur" zu betrügen und es gelingt ihr, die ahnungslose Milli mit einer Pseudo-Versöhnung zu täuschen. Angeblich will sie sich mit Nick aussprechen, wenn er sie wirklich noch liebt. Sie redet Milli ein, dass Nick ihr ein Zeichen geben muss, dass er es dieses Mal ernst meint. Sie dreht es so hin, dass Milli irgendwann überzeugt ist, es sei das Beste für alle, Nick dazu zu überreden, Steffi seine Ladenhälfte zu überschreiben. Wenn er es wahr macht und seine ganze wirtschaftliche Zukunft in Steffis Hände legt, kann es für sie keinen Zweifel mehr an seinen ehrlichen Absichten geben.

Ulli ist der Einzige, der Nicks Verstand anzweifelt, als der sich tatsächlich bereit erklärt, seine Existenzgrundlage an Steffi abzutreten. Nicks Antwort, dass Steffi viel eher noch seine Existenz sei, kann Ulli nicht überzeugen. Er misstraut Steffi, auch wenn Milli noch so sehr für ihre große Schwester eintritt. Sie ist so felsenfest vom Happy End zwischen Nick und Steffi überzeugt, dass sie hinter dem Rücken der beiden bereits ein Versöhnungsessen vorbereitet.

Mit einer sehr hässlichen Szene lässt Steffi die Bombe im Laden platzen. Für Nick sieht es natürlich so aus, als hätten die beiden Schwestern gemeinsame Sache gemacht.

„Warum hast du das getan?", geht Milli entrüstet ihre Schwester an. „Warum bist du so unglaublich gemein?"

„Du hast doch nicht wirklich geglaubt, ich würde mich mit dir versöhnen?", zischt Steffi triumphierend. „Du hast mein Leben zerstört! Wenn du nicht so bereitwillig zu Nick ins Bett gestiegen wärst, hätte er mich niemals so vor dem Altar stehen lassen! Du glaubst doch nicht, dass ich völlig tatenlos zusehe, wie du dich mit Ulli vergnügst?!"

„Ich habe dich nie verletzen wollen ...", stammelt Milli verzweifelt.

„Ich finde, es ist besser, wenn du jetzt aus MEINEM Laden verschwindest!", entgegnet Steffi und setzt ihre kleine Schwester einfach an die Luft.

Milli flüchtet nach Hause. Sie kommt gar nicht auf die Idee, Ulli anzurufen. Sicher hält er sie jetzt für das gleiche gemeine Ekel wie Nick. Er kann ja gar nicht anders. Steffis Intrige ist zu perfekt. Sie wird auch einen so verständnisvollen und gutmütigen Jungen wie Ulli täuschen. Steffis Pläne sind aufgegangen. Sie hat alles zerstört, was Milli etwas bedeutet. Erst in diesem Moment wird ihr klar, wie tief ihre Gefühle für Ulli inzwischen sind.

Um so verblüffter ist sie, als Ulli auftaucht und ihr keinen einzigen Vorwurf macht.

„Du brauchst dir keine Sorgen zu machen", behauptet er. „Wenn Nick in Ruhe über die Sache nachdenkt, wird er selbst merken, dass du nichts damit zu tun haben kannst! Niemand konnte damit rechnen, dass Steffi auf Rache aus ist und dass sie mit den hinterhältigsten Tricks arbeitet. Wer weiß, vielleicht steckt sogar Dennis hinter dem Ganzen. Dem Typen traue ich alles zu!"

Milli bezweifelt Nicks Versöhnungsbereitschaft. Irgendwie kann sie ihn nämlich verstehen.

Milli ist am Boden zerstört! Wie kann Nick nur denken, dass sie mit Steffi gemeinsame Sache gemacht hat, um ihm den Laden abzuluchsen? Ein Glück, dass ihr wenigstens Ulli glaubt!

„Erst überrede ich ihn, Steffi als Zeichen der Versöhnung seinen Anteil zu schenken und dann findet er mich, wie ich mit meiner Schwester im Laden Champagner trinke. Das musste für ihn ja so aussehen, als würden wir einen Sieg feiern. Und jetzt habt ihr zwei euch auch noch in die Haare gekriegt …"

„Nick schnallt das schon", behauptet Ulli. „Mach dir da mal keine Sorgen."

Trotzdem bringt er es nicht übers Herz, Milli allein zu lassen. „Wenn du möchtest, bleibe ich heute Nacht hier. Natürlich nur …"

„Schscht!" Milli legt ihre Fingerspitzen auf seinen Mund. Sie vertraut Ulli völlig. Sie weiß, dass er nie auf den Gedanken kommen würde, ihre Gefühle auszunutzen und sie genießt es einfach, in der Nacht seine schützenden Arme und seine Gegenwart zu spüren. In seiner Nähe sehen die Probleme weniger schlimm aus und sie findet sogar ein wenig Schlaf.

Die nächsten Tage werden jedoch zum Albtraum für Milli und Ulli. Während Millis Mutter vergeblich versucht, Steffi zur Vernunft zu bringen, sorgt die verbitterte junge Frau dafür, dass im „Kontur" alles drunter und drüber geht. Sie bedient sich aus der Ladenkasse, feiert Feste mit Dennis und schnauzt Ulli an, wenn er sich beschwert.

Da Ulli zu allem Überfluss auch noch bis über beide Ohren im Abi-Stress steckt, kann Milli es einfach nicht mehr mit ansehen. Wenn Nick seinem Bruder nicht freiwillig hilft, dann muss ihm jemand Bescheid sagen. Und ausgerechnet Milli, die normalerweise viel zu scheu ist, um sich gegen das Unrecht zu wehren, das man ihr antut, verwandelt sich in eine Löwin, weil es um Ulli Prozeski geht. Sie sagt Nick ins Gesicht, dass er ihr ruhig böse sein kann, aber dass es absolut keinen Grund dafür gibt, Ulli seine Schwierigkeiten mit Steffi ausbaden zu lassen. Will er wirklich dabei zusehen, dass Steffi den Laden ruiniert und damit auch Ullis Zukunft auf Spiel setzt?

Eigentlich hatte Milli nicht die Absicht, Ulli über

dieses Gespräch zu informieren, aber ausgerechnet ihre eigene Mutter berichtet Nicks Bruder von dem vergeblichen Versöhnungsversuch. Mit dem Ergebnis, dass wiederum Ulli enttäuscht von Milli ist. Ihren leidenschaftlichen Appell, Nick trotz allem Verständnis entgegen zu bringen, findet er zudem reichlich überflüssig. Für ihn gibt es nur eine Erklärung: Milli liebt Nick immer noch, sonst würde sie ihn nicht so verteidigen.

Seine Vorwürfe kränken Milli zutiefst. „Wenn du meinen Gefühlen für dich so wenig vertraust, dann kann ich dir auch nicht helfen!", schluchzt sie und läuft weinend aus dem „Kontur".

Wieso kann er nicht verstehen, dass sie das alles nur für IHN getan hat? Irgendwie geht zur Zeit alles schief. Ihre eigene Schwester hasst sie, Nick ist sauer und jetzt auch noch der Streit mit Ulli! Wie soll das alles noch enden?

„Du solltest mit Ulli darüber sprechen!", rät ihre Mutter umsichtig.

„Ich habe keine Ahnung, wie ich Ulli überzeugen soll, dass ich ihn liebe und dass Nick für mich Vergangenheit ist", seufzt Milli verzweifelt.

„Er ist extrem sensibel, wenn es um deine erste Liebe geht", vermutet Erika Sander. „Und genau aus dem Grund könnte er dein Schweigen auch in den falschen Hals bekommen!"

Im Gegensatz zu ihrer großen Schwester ist Milli

sehr wohl bereit, auf ihre Mutter zu hören. „Vielleicht hast du Recht", gibt sie nach. „Ich werde auf dem Weg zur Schule im „Kontur" vorbeischauen und mit Ulli sprechen!"

Aber Ulli hatte dieselbe Idee. Als Milli die Haustür

Milli weiß jetzt endlich, wem ihr Herz gehört! Nick ist Vergangenheit. Die Zukunft gehört Ulli und ihr!

aufreißt, steht sie direkt vor ihm. Sie lässt ihn seine Entschuldigung gar nicht erst zu Ende bringen.

„Du musst nichts sagen!", wispert sie sanft. „Ich liebe dich und ich möchte nur, dass du mir endlich glaubst!"

Ulli tut nichts lieber als das. Er erwidert erleichtert Millis Kuss und schwört sich, nie wieder etwas zu tun, das diese Liebe aufs Spiel setzen könnte.

Steffi hingegen muss wohl oder übel zur Kenntnis nehmen, dass ihre Intrige, die Ulli und Milli auseinander bringen sollte, auf der ganzen Linie gescheitert ist. Hinzu kommt, dass ihre eigene Freundschaft mit Dennis längst nicht die Lovestory wurde, die sie sich erträumt hat. Dennis steht seit neuestem auf wilde Autorennen, und als bei einem solchen Rennen der junge Pfarrer Tilman Fritzsche tödlich verletzt wird, flüchtet er Hals über Kopf aus der Stadt, ohne auch nur an ein Abschiedswort für Steffi zu denken. Sie ist wieder völlig allein.

Nach dem ersten Schock erinnert sie sich daran, dass sie ein Zuhause hat. Ohne große Umstände zieht sie wieder daheim ein. Dass Milli damit Probleme haben könnte, kommt ihr gar nicht in den Sinn. Die Kleine will nichts mehr mit einer Schwester zu tun haben, die sie dermaßen belogen und betrogen hat. Sie flüchtet zu Ulli!

Nick hat nichts gegen die neue Hausgenossin einzuwenden, denn inzwischen haben sich die beiden endlich ausgesprochen. Er wundert sich lediglich darüber, dass Ulli keinen Wert darauf legt, zusammen mit Milli das große Schlafzimmer zu beziehen. Ulli druckst herum. Er muss erst noch über seinen eigenen Schatten springen, ehe er Nick gesteht, dass er noch nie mit Milli geschlafen hat. So sehr er sich nach diesem endgültigen Beweis ihrer Liebe sehnt, so viel Angst hat er auch vor Millis Reaktion, wenn er sie darum bittet.

„Ich möchte sie nicht bedrängen!", gesteht er seinem großen Bruder schließlich.

„Warum?" Nick versucht die Sache ganz logisch zu sehen. „Es sieht doch ganz danach aus, als sei Milli bis über beide Ohren in dich verliebt!"

„Soll ich vielleicht gleich am ersten Abend mit der Tür ins Haus fallen? Es geht ihr nicht gut, die Sache mit Steffi liegt ihr immer noch schwer im Magen …"

Nick kann das verstehen. Aber: „Gerade wegen ihres Kummers braucht sie deine Nähe! Zu zweit fällt das Vergessen leichter!"

„Na ja …", zögert Ulli, „immerhin hat sie vorhin erwähnt, dass es ihr nichts ausmachen würde, das große Zimmer zu beziehen …"

„Na also, worüber machst du dir dann Sorgen?"

Ulli nimmt sich ein Herz und räumt Millis Sachen in das große Schlafzimmer, während sie beim Einkaufen ist. Das neu gestylte Zimmer, mit dem frisch bezogenen Bett, dessen Wäsche eine einladende Blumenwiese vorgaukelt, sagt Milli sicher ohne große Worte, was er sich erhofft.

Sie schwankt zwischen Rührung und Verlegenheit. Ulli hat jedoch alles so liebevoll vorbereitet, dass sie es einfach nicht übers Herz bringt, ihn zu enttäuschen.

„Das ist wirklich wunderwunderschön!", wispert sie und freut sich über sein strahlendes Lächeln. Das Dumme ist nur, so sehr sie Ulli auch liebt, es ist eine seltsame, fremde Barriere in ihr. Eine Hemmschwelle, die sie daran hindert, unbeschwert in seine Arme zu sinken.

Sie gerät fast in Panik, als er sie in seine Arme zieht und zu küssen beginnt. Seine Hände verirren sich zu ihrer Bluse und jeder Knopf macht sie noch nervöser und schreckhafter. Das geht alles zu schnell! Das ist alles zu zielgerichtet und …

In diesem Moment klingelt es an der Wohnungstür. Ulli flucht und Milli ist ganz schwindlig vor heimlicher Erleichterung. Gabriella hat sie in letzter Sekunde gerettet!

Gabriella hat eine Umzugs-Überraschung für Milli. Die flippige Lavalampe, die aus dem liebevoll verpackten Geschenkkarton zum Vorschein kommt, findet sogar Ullis sparsamen Beifall. Dumm ist nur, dass der Verkäufer offensichtlich die Glühbirne vergessen hat. Milli dankt ihm heimlich und macht sich mit Gabriella auf den Weg, um eine zu besorgen.

„Bleib nicht zu lange!", flüstert ihr Ulli zu, als er sie zum Abschied in die Arme nimmt und küsst. Milli verspricht es ihm, aber im Geheimen eilt es ihr gar nicht.

Gabriella merkt sofort, dass ihre Freundin Probleme wälzt und sie muss nicht viel sagen, damit Milli damit herausplatzt. „Ich habe Angst davor, mit Ulli zu schlafen. Ich verstehe es eigentlich selbst nicht so genau. Ich liebe ihn und ich will ihn wirklich!"

Gabriella hat zwar keine Ahnung von Millis ganz persönlichem Drama, aber dass Nick Prozeski einmal ihre große, heimliche Liebe war, weiß sie inzwischen auch. „Vielleicht kannst du dich noch nicht auf Ulli einlassen, weil du immer noch an deiner großen Liebe hängst. Willst du nicht offen mit ihm darüber sprechen?"

Milli verzieht das Gesicht. Sie kann sich gut vorstellen, wie Ulli darauf reagiert, wenn er auf so persönliche und intime Weise an ihre Gefühle für Nick erinnert wird. „Damit würde ich Ulli nur verletzen!"

„Trotzdem wäre eine Aussprache das Beste für euch beide!", vermutet Gabriella.

Milli nickt frustriert. Sie weiß, dass Gabriella Recht hat, aber jeder noch so tapfere Versuch mit Ulli zu reden, geht auf irgendeine Weise schief. Sie bringt es nicht übers Herz, ihn mit der Wahrheit zu konfrontieren. Sie flüchtet sich in so alberne Lügen und Ausreden, dass sogar Ulli erkennt, was los ist: Milli will nicht mit ihm alleine sein!

Er glaubt zu ahnen, was ihn erwartet, als Milli zu ungewohnter Stunde im „Kontur" erscheint. Ihr bedrücktes Gesicht spricht Bände. Jetzt wird sie ihm sagen, dass er sich völlig umsonst Hoffnungen gemacht hat. Dass sie Nick nicht vergessen kann und sie ihn immer noch liebt. Aber da täuscht er sich auf der ganzen Linie.

„Ich wollte dich mit meinen Lügen nie verletzen", gesteht sie leise. „Aber ich habe einfach Angst davor, wieder mit einem Jungen zu schlafen, sogar wenn du es bist. Ich habe so viel Schreckliches erlebt, die Schwangerschaft, die Fehlgeburt, die Schmerzen, das kommt plötzlich alles wieder hoch. Der Streit mit Steffi sorgt vermutlich auch dafür, dass ich es nicht vergesse …"

Ulli ist so erleichtert, dass es ihm keine Schwierigkeiten bereitet, Verständnis für Milli zu haben. „Du musst echt keine Angst vor mir haben! Du kannst mir vertrauen und immer alles sagen, was dich bewegt! Ich verstehe das! Vielleicht willst du eben nicht in dem Bett schlafen, in dem Nick und Steffi einmal …"

„Unsinn!", fällt ihm Milli ins Wort. „Das hat doch damit nichts zu tun!" Aber sogar in ihren eigenen Ohren klingt ihre Antwort ein bisschen seltsam.

Ulli hält sein Versprechen. Er ist liebevoll und zärtlich zu seiner Freundin und bedrängt sie kein einziges Mal. Sie kann sich abends in seine Arme kuscheln und mit dem beruhigenden Gefühl einschlafen, dass

Milli hat große Angst vor dem „ersten Mal" mit Ulli. Glücklicherweise drängt er sie nicht. Er ist schon glücklich, wenn er Milli nur im Arm halten darf.

er am nächsten Morgen noch da ist und sie mit einem zärtlichen Kuss weckt. Nur Ulli weiß, wie viel ihn diese Selbstbeherrschung kostet, aber er bringt das Opfer gern. Schließlich geht es um Milli!

Gabriella staunt Bauklötze über die eigenartige WG, die die beiden zusammen mit Nick haben.

„Ich werde das merkwürdige Gefühl nicht los, dass deine Probleme mit Ulli ihre Ursache in dieser Situation haben!", sagt sie ihrer Freundin auf den Kopf zu. „Kann es sein, dass du in Sachen Nick nicht so abgeklärt bist, wie du tust?"

„Das ist totaler Blödsinn!", braust die sonst so friedliche Milli auf. „Wenn da was wäre, wie hätte ich mich dann in Ulli verlieben können?"

Gabriella verzieht den Mund und schweigt. Sie kann Milli Stoff zum Denken geben, aber ihre Entscheidungen muss sie schon selbst treffen. Sieht sie denn nicht, dass sie nur die Arme auszustrecken braucht, damit Ulli hineinfällt? Ist ihr nicht klar, dass sich andere Mädchen alle zehn Finger nach Ulli lecken würden?

Sie ahnt nicht, dass ihre Ermahnungen längst Wirkung gehabt haben. Nach einem besonders schönen Abend, als sie sich wie gewohnt aneinander kuscheln, lässt Milli nicht zu, dass Ulli sich zum Schlafen auf die andere Seite dreht.

„Du willst ..." Er sucht aufgeregt nach Worten.

„Ich liebe dich!", wispert Milli und dieses Mal beginnt sie mit dem Aufknöpfen. Ullis Pyjama-Oberteil fliegt davon. Sie will ihm und auch sich selbst beweisen, dass alle Ängste und Schwierigkeiten der Vergangenheit angehören.

Die behutsame Zärtlichkeit, mit der Ulli ihre Ängste respektiert und besiegt, ist mehr und schöner, als Milli sich in ihren kühnsten Träumen erhofft hat. Wenn Nick für einen winzigen Moment in ihrem Kopf auftaucht, dann nur, weil dieses eine hastige Mal so verzweifelt, so schmerzhaft und so kurz gewesen ist. Es gleicht in nichts der sanften, wunderbaren Liebe, die

Ulli ihr schenkt. Mit dem Geschmack von Ullis Küssen auf den Lippen schläft sie ein.

Ulli selbst findet kaum Schlaf. Er ist so glücklich, dass er jede Sekunde davon genießen möchte. Am liebsten würde er Milli die ganze Nacht ansehen. Jetzt gehört sie wirklich ihm und niemand kann sie ihm mehr wegnehmen! Jede winzige Bewegung Millis weckt ihn von Neuem und als sie ihn gegen Morgen im Schlaf umarmt, ist er sofort hellwach. So wach, dass es gar keinen Zweifel an dem Namen geben kann, den Milli traumverloren vor sich hinmurmelt.

Sie sagt mehrmals „Nick!" und nicht etwa „Ulli!"

Ulli fühlt sich, als hätte sich mit einem Schlag die Erde unter ihm aufgetan. Er stürzt ins Bodenlose! Was soll er tun? Milli wecken? Sie zur Rede stellen? Um was zu erfahren? Dass ihr Unterbewusstsein ehrlicher ist als ihr Herz?

Jetzt findet Ulli erst recht keinen Schlaf mehr. Wie sein eigenes Gespenst hängt er über dem Frühstückstisch, während Milli fröhlich vor sich hin trällert, ihn mit Küssen überschüttet und ganz den Eindruck macht, als sei sie überglücklich. Soll er ihr sagen, dass sie ihm und sich selbst etwas vorspielt?

Milli ist so vergnügt, dass es ihr gar nicht auffällt, wie wenig ihre Stimmung bei Ulli Echo findet. Sie fühlt sich, als könne sie Bäume ausreißen.

„Endlich habe ich mit der Vergangenheit wirklich Schluss gemacht!", gesteht sie Gabriella erleichtert.

Diese Tatsache ermöglicht es ihr auch, ein neues, eher freundschaftliches Verhältnis zu Nick aufzubauen. Sie gehen so locker und humorvoll miteinander um, dass Ullis schlimmste Befürchtungen bestätigt werden. Auch Steffi, die endlich den Versuch gemacht hat, sich mit Milli auszusöhnen und bei ihr abgeblitzt ist, spöttelt über diese eigenartige Kameradschaft. Sie ist jetzt oft im „Kontur" und im Geheimen ebenfalls eifersüchtig auf das gute Verhältnis von Nick und Milli. Soll sie vielleicht die Einzige sein, die unglücklich und einsam ist?

„Was glaubst du, warum sie zu euch gezogen ist? Sie spielt einen gegen den anderen aus. Sie war schon immer auf Nick scharf, das weißt du doch!", stichelte sie bei Ulli und hat prompt Erfolg damit. Am Abend geraten sich die beiden Brüder zu Hause in die Haare.

„Du und dein ewiges Misstrauen!", wirft Nick dem Jüngeren vor. „Zwischen Milli und mir ist Freundschaft, sonst nichts!"

„Das glaubst du doch selber nicht!", platzt Ulli heraus. „Warum sonst sollte sie wohl deinen Namen flüstern, nachdem wir gerade die erste Nacht miteinander verbracht haben. Kannst du mir das erklären?"

Nicht einmal Milli kann das. Sie hat den Streit bis in das gemeinsame Schlafzimmer gehört. „Ich ... ich hab keine Ahnung, wovon du redest ...", verteidigt sie sich hilflos.

„Du hast im Schlaf Nicks Namen geflüstert!", schreit Ulli völlig außer sich. „Und das genau in dem Moment, in dem ich dachte, wir wären endlich richtig glücklich miteinander!" Er holt tief Atem. „Aber das war ja wohl ein Irrtum!"

Ulli haut die Schiebetür zum großen Schlafzimmer hinter sich zu, dass die Scheiben scheppern. Nick und Milli sehen sich sprachlos an. Milli würde sich am liebsten in Luft auflösen.

„Ich weiß nichts davon", flüstert sie heiser. „Ich kann nicht verstehen, wie mir das passiert ist. Ich liebe Ulli!"

„Wenn das so ist, solltest du ihm das schleunigst sagen", rät Nick mit einem bedeutungsvollen Kopfnicken zur Schiebetür hin.

Milli zieht die Unterlippe zwischen die Zähne und folgt seiner Blickrichtung. Er hat Recht. Aber wie soll sie Ulli beweisen, dass sie es ehrlich meint? Dass dieses dumme Flüstern vielleicht nur der Ausdruck ihrer unendlichen Erleichterung darüber war, dass Nick nun der Vergangenheit angehört?

Die nächsten Tage vertiefen den Konflikt, statt ihn zu lösen. Was immer Milli tut, ob sie nun alte Geschenke von Nick wegwirft oder Ulli ihre Gefühle beteuert, sie findet keinen Glauben bei ihm. Ulli ist felsenfest davon überzeugt, dass sie ihre heimlichen Empfindungen vor ihm verstecken will und sich selbst ununterbrochen belügt.

„Ich war für dich immer bloß die Nummer zwei!", behauptet er tieftraurig. „Das Beste wäre es, wenn wir unsere Beziehung wieder beenden!" Falls es überhaupt jemals eine Beziehung war, fügt er heimlich hinzu.

Milli ist entsetzt, wie kann er solche Dinge sagen? Wie kann er ihre Gefühle so einfach abhaken? Hat sie nicht wenigstens eine Chance verdient?

„Du bist paranoid!", schluchzt sie. „Weißt du überhaupt, was du da sagst? Steffi hat dich mit ihrem blöden Misstrauen angesteckt und jetzt hörst du mehr auf meine Schwester als auf mich!"

Ulli macht sich nicht einmal die Mühe, das abzustreiten. Er ist sogar froh, dass ihm Steffi die Augen geöffnet hat. Er will nicht als der Dumme dastehen und Milli lieben, während sie sich in Wirklichkeit immer nur nach seinem großen Bruder sehnt.

Auch Nick findet, dass Ulli einen bösen Fehler macht, wenn er Milli den Laufpass gibt. „Du gibst ihr keine Gelegenheit, dir zu beweisen, dass sie die Vergangenheit hinter sich gelassen hat! Findest du das fair? Und was mich betrifft, ich bin und war nie etwas anderes als Millis Freund. Für mich gibt es nur eine Frau, die ich wirklich liebe, und das ist Steffi!"

Milli macht ihrer großen Schwester ebenfalls heftige Vorwürfe, als sie zufällig im „Kontur" aufeinander treffen. „Endlich hatte ich jemand gefunden, den ich von ganzem Herzen liebe und der meine Gefühle erwidert. Bei Ulli konnte ich die Vergangenheit vergessen und neu anfangen, aber du musstest mir mein Glück ja kaputt machen, ehe es richtig angefangen hat. Deine dumme Rache war dir wichtiger als das Glück deiner Schwester!"

Millis Tränen bewegen Steffi noch mehr als ihre Worte. „Du musst mich auch verstehen", versucht sie ihre Motive zu erklären. „Als ich dich mit Nick lachen sah, dachte ich, jetzt geht alles wieder von vorne los! Ich habe einfach rot gesehen!"

„Du wirst mich wohl ewig dafür bezahlen lassen, dass ich bei Nick einmal schwach geworden bin", stellt Milli bitter fest.

Sie wischt sich eben die Tränen aus den Augenwinkeln, als plötzlich Ulli vor ihr steht. Himmel, hat er etwa alles gehört? Was will er von ihr? Neue Vorwürfe, neue Anschuldigungen? Sie kann nicht mehr, sie ist am Ende ihrer Nerven, ihrer Kräfte und ihrer Beherrschung …

Milli erstarrt, als Ulli nach ihrer Hand greift. Aus den Augenwinkeln sieht sie, dass Steffi sich diskret zurückzieht. Seit wann hat Steffi Feingefühl?

„Es tut mir Leid, ich war ein schrecklicher Dummkopf. Ein eifersüchtiger Dummkopf!", hört sie Ullis heisere Stimme.

Ihr Kopf fliegt nach hinten und ihr Blick sucht seine Augen. Zum ersten Mal seit vielen Tagen wirken sie weder gekränkt noch böse. Hat sie ihn eben richtig verstanden? War das die Bitte um Verzeihung?

Bei Ulli findet Milli endlich Halt. Zusammen mit ihm ist sogar das Familienchaos im Haus Brandner zu ertragen.

„Ich hatte einfach unheimliche Angst davor, dass ich dich wieder an Nick verliere!"

„Aber ich liebe DICH!", wispert Milli zögernd. Sie ist sich bewusst, dass sie die Sache mit Nicks Namen nicht mit einer logischen Erklärung aus der Welt schaffen kann. Sie kann nur hoffen, dass Ulli ihr vertraut. „Ich liebe dich ohne jeden Gedanken an einen anderen!"

„Das weiß ich jetzt!" Ulli hat ihr Gespräch mit Steffi schließlich von der ersten Silbe an belauscht und er hat nicht die Spur eines schlechten Gewissens deswegen. „Tut mir Leid, dass ich mich von Steffi aufhetzen ließ. So wie es aussieht, liegt ihr mehr an Nick, als sie zugeben möchte."

Milli nickt nachdenklich. Sie hat denselben Eindruck. Wie schade, dass Steffi trotzdem nicht den Mut aufbringt, Nick ihre Gefühle zu gestehen. Er wartet doch nur darauf! Wie kann sie nur ihren Stolz über die Liebe stellen?

„Meinst du, sie werden jemals wieder zusammenfinden, so wie wir?", fragt sie nachdenklich.

„Keine Ahnung!" Ulli zuckt mit den Schultern.

Nick selbst gibt ihnen keinen Hinweis darauf. Er freut sich lediglich darüber, dass Milli und Ulli endlich ihre Missverständnisse ausgeräumt haben.

„Ich finde es prima, dass wenigstens einer der Prozeski-Brüder Glück in der Liebe hat!", grinst er fröhlich.

Henning von Anstetten & *Carolin Odenthal*

Der Silvesterball auf Schloss Friedenau soll ein großes Ereignis werden. Er ist als krönender Abschluss für ein schwieriges Jahr gedacht und Kati von Sterneck hat die passende Idee dafür gehabt: Sie werden einen Kostümball feiern! Ihre Begeisterung ist so ansteckend, dass Henning von Anstetten, der einzige Sohn und Erbe des Grafen, Kati zum Kostümverleih begleitet, um gemeinsam mit ihr das passende Outfit auszuwählen.

Hennings Auge fällt jedoch weniger auf die Perücken, Jacken und Masken, als auf eine höchst attraktive, rothaarige Kundin, die sich gemeinsam mit ihnen im Geschäft befindet. Sie hat etwas an sich, das ihn von der ersten Sekunde an fasziniert, und der flüchtige Blick, den sie ihm schenkt, geht ihm durch und durch.

Völlig gegen seine Art gibt er bei der Frage nach der Lieferadresse lauthals seinen adeligen Namen und Schloss Friedenau an, damit es die schöne Unbekannte hört. Dummerweise scheint ihr jedoch weder der Graf noch das Schloss zu imponieren. Als Henning sich nach ihr umdreht, hat sie den Laden längst verlassen.

Die Tage bis zum Silvesterball verbringt er in einer eigenartigen Trance. Noch nie hat ihn eine Frau so beeindruckt wie diese Fremde. Es fällt ihm schwer, sich damit abzufinden, dass er sie nie wieder sehen wird, denn die Vernunft sagt ihm, dass seine Chancen in einer Riesenstadt wie Düsseldorf dafür denkbar schlecht stehen.

Doch das fein geschnittene Gesicht mit den schrägen Augen unter den rötlichen Locken hat sich unverwechselbar in seine Erinnerung eingegraben. Er erkennt es auf den ersten Blick, kaum dass seine Tanzpartnerin beim großen Ball in Friedenau um Mitternacht die Maske abgelegt hat. Vor ihm steht die Lady aus dem Kostümverleih!

„Darauf müssen wir anstoßen!", strahlt er und nimmt zwei Champagnergläser von einem Tablett, während rings um sie her die anderen Gäste das neue Jahr begrüßen.

Auch Henning kann sich den guten Wünschen nicht entziehen, und als er sich aus den Armen seiner Stiefschwester Kati befreit, ist seine Traumfrau erneut verschwunden. Dieses Mal hat sie ihm jedoch ein Souvenir zurückgelassen. Ein Taschentuch mit den Initialen C.O., das sie damals in dem Kostümladen gekauft hatte. Ob dort auch der Name und die Adresse seiner geheimnisvollen Lady notiert sind?

Henning ist auf der richtigen Fährte. Der Mann im Kostümverleih macht am Neujahrstag Inventur und kann sich tatsächlich an die attraktive Rothaarige erinnern. Sie kommt oft in sein Geschäft und wenn sie in Düsseldorf ist, bevorzugt sie ein bestimmtes Hotel. Eine halbe Stunde später steht Henning von Anstetten in der Lobby dieses Hotels.

Jetzt erfährt er endlich, dass seine Schöne Carolin Odenthal heißt und eine internationale Kunstagentin ist. Ein Wort gibt das andere und am Ende lädt Henning Carolin nach Friedenau ein. Wenn sie in erster Linie an klassischen Gemälden interessiert ist, dann muss sie einfach die Bildersammlung seines Vaters begutachten. Im Schloss hängen Meisterwerke, um die den Grafen viele Museen beneiden.

Carolin Odenthal folgt der Einladung ein paar Tage später und ist zu Hennings Freude tief beeindruckt von der privaten Sammlung. Sie bestätigt ihre fachliche Kompetenz, indem sie einen Maler aus dem 18. Jahrhundert erkennt, der das Schloss für einen früheren von Anstetten gemalt hat. Sie ist sich völlig sicher, dass dieser Rotherford ein Vermögen wert sein muss. Henning bewundert seine Traumfrau immer heftiger, aber das kleine private Essen zu dem er sie einlädt, lehnt sie zu seinem großen Bedauern ab. Sie lässt sich weder Einzelheiten über ihr Privatleben entlocken, noch verrät sie ihm, was sie in Düsseldorf tut und wie lange sie bleibt.

Bei der Schlossführung in Friedenau bewundert Carolin das kostbare Rotherford-Gemälde. Henning bewundert lieber seinen schönen Gast.

„Das waren unheimlich interessante Stunden, vielen Dank!", lächelt sie ihn an und ist verschwunden, ehe er sie um ein Wiedersehen bitten kann.

Wohl oder übel muss er sich eingestehen, dass sein Interesse nicht erwidert wird. Wie schade, denn er ertappt sich dabei, dass er ständig an die rothaarige Kunstagentin denkt. Die Tage wollen plötzlich nicht mehr richtig vergehen und Geros dämliche Witze über das verschwundene „Aschenputtel" schlagen ihm auch noch auf den Magen.

Um so verblüffter ist er, als das Dienstmädchen in

Friedenau eines Morgens mit einem Silbertablett an den Frühstückstisch tritt, auf dem ein viel zu bekanntes Taschentuch mit Monogramm liegt. Carolin! Diesmal hat sie Zeit für seine Einladung und sogar Hennings Vater ist von ihrer eleganten Erscheinung und ihren formvollendeten Manieren begeistert. Spontan lädt er sie ein, das Frühstück mit ihnen zu teilen.

Henning schwebt auf Wolken. Er zeigt Carolin das Gestüt und lässt sich nur zu gern von ihr zu einem Ausritt überreden. In seinen Augen macht sie auch auf dem Pferd eine wunderbare Figur und so wie es aussieht, ist sie sogar im Stande, ihn bei einem übermütigen Wettrennen zu schlagen. Im fliegenden Galopp rast sie unter den Bäumen des Parks davon. Wirklich eine tolle Frau!

Im ersten Moment hält er sich doch für den Sieger des Rennens, da er bei den Ställen keine Spur von Carolin entdeckt. Dann jedoch trabt ihr Pferd ohne seine Reiterin herbei und er macht sich besorgt auf die Suche nach seinem Gast. Er findet sie ein wenig zerzaust, aber unverändert reizvoll unter einem der alten Bäume.

„Um Himmels willen, was ist passiert?"

Sie schenkt ihm jenes ganz besondere Lächeln, mit dem sie ihn von der ersten Sekunde an fasziniert hat. „Ich weiß es nicht genau. Anscheinend habe ich meine Reitkünste doch ein wenig überschätzt!"

Katis Bruder Gero, der Mediziner der Familie Anstetten-Sterneck, kümmert sich um Carolins verletzten Fuß. Er vermutet eine harmlose Bänderdehnung, rät aber dazu, eine Klinik aufzusuchen, um das Gelenk sicherheitshalber zu röntgen.

„Das ist nun wirklich übertrieben", protestiert sie. „Es tut mir Leid, dass ich so viel Wirbel mache. Ich habe doch nur ein bisschen Kopfschmerzen …"

„Das sieht ganz nach einer leichten Gehirnerschütterung aus", fügt Gero hinzu. „Es wäre besser, wenn Sie sich in nächster Zeit schonen und ein wenig unter Beobachtung bleiben!"

Niemand ahnt, dass Carolin ihren Unfall vorgetäuscht hat, um auf Friedenau gefährliche Pläne zu verfolgen.

Henning greift mit beiden Händen nach der unverhofften Chance. Wenn Carolin nicht ins Krankenhaus will, dann soll sie auf Friedenau bleiben. Hier ist genügend Platz, man kann für sie sorgen und sie steht bei Gero unter ärztlicher Aufsicht. Carolin nimmt den Vorschlag mit so viel Zögern an, dass Henning auf seine Überredungskunst mit Recht stolz sein kann.

Der Gedanke, Carolin in seiner Nähe zu haben, ist für ihn wie eine Droge. In seiner Verliebtheit kommt er gar nicht auf die Idee, dass er in eine sorgfältig gestellte Falle getappt ist. Sein Vater ist vorsichtiger, als er von dem unerwarteten Gast erfährt. Christoph von Anstetten hat auf unangenehme Weise lernen müssen, dass es besser ist, einer Frau nicht auf Anhieb zu vertrauen.

„Frau Odenthal ist eine reizende junge Dame, aber du kennst sie kaum, Henning!", warnt er ihn. „Also, überstürze nichts!"

Der junge Graf winkt ab und versucht Carolin nach besten Kräften zu verwöhnen. Er lässt ihr die Mahlzeiten ans Bett servieren und erkundigt sich stündlich nach ihrem Befinden. Er merkt nicht, dass ihre Verletzungen reine Show sind. Seine Bewunderung steigt ins Grenzenlose, als er feststellt, dass Carolin auch noch malt.

Die schöne Schwindlerin manipuliert ihn so meisterhaft, dass er ihr aus eigenem Antrieb vorschlägt, ihre klassischen Vorbilder in der Gemälde-Galerie von Friedenau zu studieren, sobald es ihr wieder besser geht. Sein Vater sieht das gar nicht gern. Die privaten Räume des Grafen und seiner zweiten Frau Barbara von Sterneck grenzen an den Bildersaal und er hat eigentlich keine Lust, jedes Mal über eine Fremde zu stolpern, wenn er unterwegs ist. Aber Henning setzt sich über diese Bedenken hinweg. Warum soll Carolin im Park Skizzen machen, wenn sie ihren Lieblingsmaler Rotherford im Bildersaal viel besser analysieren kann!

Christophs Verständnis für so viel Gastfreundschaft hält sich in engen Grenzen. Carolin indes nützt den Streit zwischen Vater und Sohn für ihre eigenen Pläne aus. Sie spielt die Rolle des verständnisvollen Gastes und will so schnell wie möglich wieder ausziehen. Henning findet sie beim Studium von Wohnungsanzeigen und gerät in Panik. Gefällt es ihr in Friedenau etwa nicht?

„Ich möchte Ihre Gastfreundschaft nicht überstrapazieren", entgegnet sie sanft. „Ihr Vater hat mir außerdem seine Unterstützung bei der Suche nach einer geeigneten Wohnung zugesagt. Das ist wirklich reizend von ihm!"

Henning hätte gern ein anderes Wort dafür verwendet, aber er will Carolin nicht schockieren.

Er ahnt nicht, dass sie gar kein Interesse daran hat, Friedenau zu verlassen. Es geht ihr nur um eine unmerkliche Korrektur ihrer Pläne. Bisher hat sie ihr

Carolin setzt ihren ganzen Charme ein, damit Christoph von Anstetten keine Einwände gegen ihren Aufenthalt in Friedenau hat.

Glück beim Sohn versucht, aber die Tage im Kreise der Familie haben ihr gezeigt, dass Christoph im Schloss das Sagen hat. Ihn will sie mit ihrer Wohnungssuche besänftigen und gleichzeitig mit ihrem Charme und ihrem Kunstwissen davon überzeugen, dass seine Gemäldesammlung von einer Fachfrau katalogisiert und vervollständigt werden sollte.

Christoph räumt ein, dass in Friedenau so viele Kunstwerke versteckt sind, dass sogar er ein wenig den Überblick verloren hat und am Ende bekommt Carolin offiziell den Auftrag, sich um die Schätze von Friedenau zu kümmern! Sie verbirgt nur mühsam ihren Triumph. Jetzt ist sie nicht mehr auf Henning angewiesen!

Sie versucht sich so weit wie möglich von ihm zu distanzieren, obwohl er kaum von ihrer Seite weicht. Auch die Einladung zu einer Vernissage nimmt sie erst an, nachdem er ihr versichert hat, dass er selbst keine Zeit hat, die Ausstellungseröffnung zu besuchen. Da ist etwas an Henning von Anstetten, das sie zur Vorsicht mahnt. Die gefährliche Mischung aus jungenhaftem Selbstbewusstsein und altmodischer Gefühlstiefe passt nicht in ihre Lebensplanung.

Trotz aller Menschenkenntnis unterschätzt sie Hennings Hartnäckigkeit, wenn es um ihre Person geht. Er ist verliebt und kämpft mit allen Mitteln um ihre Zuneigung! Als Carolin die Vernissage besuchen will, findet sie unter der angegebenen Adresse ein nobles Restaurant. Nur ein einziger Tisch ist prachtvoll gedeckt und an dem wartet im Schein zahlloser Kerzen Henning auf seinen Gast. Er hat das komplette Restaurant für sie gemietet und Carolin schwankt zwischen Rührung und Nervosität. Lieber Himmel, sie muss ihm endlich klar machen, dass sie nichts von ihm will, ehe er sich noch tiefer in seine närrische Verehrung verrennt.

„Ich hoffe, Sie haben mich nicht gebeten, in Friedenau zu bleiben, weil Sie sich eine Romanze erhoffen", appelliert sie bei der nächstbesten Gelegenheit an sein gutes Benehmen.

Henning bleibt nicht anderes übrig, als den Kavalier zu spielen. „Ich würde Sie niemals bedrängen!"

Er bemüht sich natürlich, dieses Versprechen einzuhalten und Carolin kann endlich allein in der Galerie arbeiten. Niemand beobachtet sie, während sie die Alarmanlage außer Kraft setzt und eine Farbstoff-Analyse des kostbaren Rotherford-Gemäldes anfertigt. Sie ist fast fertig, als sie Schritte hört. Schon wieder Henning!

Carolin lenkt Henning geschickt ab, als er ihr um ein Haar auf die Schliche kommt.

Sie kann ihn eben noch an der Tür abfangen. Ein Schritt weiter und er hätte die Laborausrüstung gesehen! In ihrer Panik fällt Carolin nur ein einziger Weg ein, um ihn aufzuhalten. Sie legt die Arme um seinen Hals und küsst ihn leidenschaftlich.

Henning kommt gar nicht dazu, sich über die eigenartigen Stimmungswechsel seiner Traumfrau zu wundern. Seine Verblüffung versinkt im Tumult der Gefühle, den Carolin mit diesem Kuss entfacht und der auch sie selbst mitreißt. Halb atemlos, halb fassungslos sehen sie sich an, als sich ihre Lippen endlich voneinander lösen.

„Nun war ich wohl diejenige, die jemanden überfahren hat", wispert Carolin und versucht sich über ihre eigene, seltsame Reaktion auf diesen ungeplanten Kuss klar zu werden.

„Soll ich jetzt auch davonlaufen?", fragt Henning heiser und erinnert sich an das plötzliche Ende seiner romantischen Inszenierung im Feinschmecker-Tempel.

„Besser nicht", lacht sie nervös. „Aber ich muss meine Arbeit tun. Vielleicht können wir ja später ..."

„Ich warte in der Bibliothek auf dich!", verspricht Henning und zieht sich zurück.

Mit weichen Knien sinkt Carolin von innen gegen die geschlossene Tür der Galerie. Das ist ja gerade noch einmal gut gegangen – oder etwa nicht? Ist sie dabei, private und berufliche Dinge zu vermischen?

„Dieser Kuss hätte niemals passieren dürfen", sagt sie wenig später in der Bibliothek zu Henning. „Es ... es tut mir Leid, aber es gibt schon einen Mann in meinem Leben! Wenn ich gewusst hätte, in welche Richtung unsere Gefühle sich entwickeln ..." Sie bricht geschickt ab und mustert ihn unter halb gesenkten Wimpern. „Es war unmöglich ... ein Fehler! Ich hoffe, dass wir trotzdem Freunde bleiben können!"

Henning verbirgt nur mühsam seine Enttäuschung. Seine Rolle als Carolins Freund hat er sich anders vorgestellt.

Wohl oder übel muss Henning akzeptieren, dass Carolin seine Gefühle nicht zu erwidern scheint. Er ahnt nicht, dass er sich täuscht.

Auch Carolin muss eine eigenartige Befangenheit überbrücken. So sehr sie sich ihren Auftrag und die zwingenden Gründe dafür ins Bewusstsein ruft, irgendetwas ist bei diesem Kuss zwischen Henning und ihr trotz allem geschehen. Hat sie die Sache doch noch so souverän im Griff, wie sie es ihrem Auftraggeber bei jedem Treffen versichert?

Während sie in ihrem Atelier in der Stadt an der Kopie arbeitet, die zum Ende ihres Coups den Original-Rotherford auf Friedenau ersetzen soll, kommt Henning zu der Erkenntnis, dass er Carolin keinem anderen Mann gönnt. Wenn da wirklich ein Rivale existiert, dann soll er mit ihm um sie kämpfen!

Er greift in die Trickkiste und lockt Carolin in den Bildersaal, indem er ihr am Telefon Rätselhaftes über den Rotherford erzählt. Aufgeregt rast sie nach Friedenau und steht in der Gemäldegalerie erstaunt vor einem Sektfrühstück. Was soll sie mit diesem Menschen nur machen? In bester Absicht macht er ihr das Leben immer schwerer und sie kann ihm deswegen nicht einmal richtig böse sein!

Hinzu kommt, dass ausgerechnet in diesem Moment Joachim Obermann in Friedenau auftaucht und behauptet, ihr Freund zu sein. Henning kann zwar nicht ahnen, dass er in Wirklichkeit Carolins Auftraggeber ist, aber er fragt sich logischerweise, was sie an diesen merkwürdigen, unangenehmen Fremden bindet, der so gar nicht zu ihr passt. Sie versucht natürlich, Joachim so schnell wie möglich loszuwerden. Aber Henning vereitelt ihre Pläne, indem er ihn freundlich zum Essen einlädt. Schließlich will er mehr über seinen Rivalen erfahren.

Der Vergleich der beiden Männer fällt keineswegs zu Joachims Gunsten aus. Peinlich berührt, fragt sich Carolin, wie sie nur mit einem solchen Menschen zusammenarbeiten kann. Sie trifft einen mutigen Entschluss, als sie Joachim in ihrem Atelier endlich unter vier Augen sprechen kann. „Diesen Job mache ich noch zu Ende, aber dann will ich nie wieder etwas mit Ihnen zu tun haben!"

Carolin würde am liebsten in Grund und Boden versinken. Muss sich Joachim wie ein dämlicher Macho aufführen?

Sein Lächeln jagt ihr eine Gänsehaut über den Rücken. „Ohne meine Kontakte werden Sie wohl kaum zurecht kommen, meine Liebe!"

„Das werden wir sehen", gibt sie sich nach außen hin unbeeindruckt. „Immerhin bin ICH die Künstlerin!"

Obwohl Joachim darauf nichts mehr sagt, befürchtet Carolin, dass das letzte Wort in dieser Angelegenheit noch nicht gesprochen ist. Er will sie lediglich bei Laune halten, solange sie mit der schwierigen Fälschung beschäftigt ist.

Aber auch die Gespräche mit Henning gleichen in diesen Tagen einem heiklen Drahtseilakt. Sie will keineswegs, dass er sie für eine dumme Gans hält, die auf einen Macho hereingefallen ist, aber sie muss dennoch einräumen, dass Joachim eine Frau allenfalls körperlich anziehen kann. Die Wahrheit wäre ja noch schlimmer. Sie würde lauten: „Es tut mir Leid, er ist mein Hehler. Er verkauft die gestohlenen Gemälde, die durch meine Fälschungen ersetzt werden, auf dem Schwarzmarkt. Ich bin auf ihn angewiesen!"

Henning hat immer deutlicher das Gefühl, dass Carolin Joachim gar nicht liebt. Trotzdem macht er selbst nicht die geringsten Fortschritte bei ihr. Sie scheint ständig unter Stress zu stehen und hat kaum einmal Zeit für ein paar private Worte. Würde sie nicht immer noch in Friedenau wohnen, er bekäme sie kaum zu Gesicht.

Er kann nicht wissen, dass Joachim sie inzwischen massiv unter Druck setzt. Die Fälschung ist fertig und der leidenschaftliche Sammler, der auf den Rotherford wartet, drängt auf die Lieferung des Originals.

„Es sind einfach zu viele Menschen im Schloss", versucht sie sich herauszureden.

Joachim will nichts davon hören. „Entweder Sie tun, wozu Sie gekommen sind oder der junge Herr Graf erfährt, was er sich da für ein falsches Vögelchen ins Nest gesetzt hat!", droht er kalt. Er ahnt, dass sie wegen Henning Skrupel hat.

„Regen Sie sich nicht auf!", versucht Carolin ihn zu beruhigen. „Ich werde mich noch heute um den Rotherford kümmern!"

Es ist ihr schrecklich, die Gastfreundschaft, die man ihr auf Friedenau entgegen gebracht hat, so übel zu vergelten, aber sie hat keine andere Wahl. Sie muss das Gemälde gegen die Kopie tauschen und zwar so, dass nicht die Spur eines Verdachtes auf sie fällt. Sie lädt ihre Gastgeber am Abend zu einem Diner ein, das sie selbst zusammengestellt und mit dem Friedenauer Personal gekocht hat. Zwischen Hauptgericht und Dessert schützt sie Pflichten in der Küche vor, um vom Esstisch zu verschwinden.

Henning kann es nicht lassen, ihr zu folgen und Carolin ist völlig mit den Nerven fertig, als sie Joachim endlich das Original übergeben kann. Sie weiß selbst nicht, wie es ihr gelungen ist, den Coup durchzuziehen, ohne dass der junge Graf Verdacht geschöpft hat. Aber damit muss jetzt Schluss sein.

Joachim ist ganz anderer Meinung. „Kein Mensch kann so verrückt sein, diese Wahnsinns-Chance in den Wind zu schlagen. Wir werden den Grafen und seinen Sohnemann schröpfen, bis …"

„Kommt nicht in Frage!", lehnt Carolin strikt ab. „Und vergessen Sie bloß nicht, mir morgen pünktlich das Geld vorbeizubringen!" Sie will ihn so schnell wie möglich loswerden und die ganze Angelegenheit blitzartig vergessen.

Doch die nächsten Tage zwingen sie stattdessen dazu, ihre Pläne erneut zu ändern. Obwohl ihr Anteil aus dem Betrug mit dem Rotherford-Gemälde eine stattliche Summe ausmacht, zwingen sie ihre ganz persönlichen Finanzprobleme erneut zur Partnerschaft mit Joachim Obermann. Sie braucht dringend und schnell noch mehr Geld!

Henning ist begeistert darüber, dass Carolin ihre geplante Geschäftsreise, die eigentlich ein Abschied für immer sein sollte, jetzt doch nicht antritt. Er überrascht sie mit einer Einladung zum Abendessen und anschließendem Opernbesuch. Sie weiß, dass sie nicht annehmen sollte, aber die Versuchung ist zu groß. Warum sollte sie nicht an Hennings Seite für ein paar Stunden alle Probleme vergessen?

Henning sieht in seiner formellen Abendkleidung so gut aus, dass Carolin unwillkürlich die eigene,

Carolin verbirgt ihren Kummer hinter einem Lächeln. Es wird Zeit, dass sie Friedenau verlässt.

höchst elegante Erscheinung überprüft. Sie passen gut zusammen, wieso ist ihr das bisher noch nie aufgefallen? Es ist schon lange her, dass sie ein simples Opfer in ihm gesehen hat. Inzwischen weiß sie, dass er ebenso clever die väterlichen Firmen überwacht, wie den Aufbau des neuen Gestüts in Friedenau. Trotz aller Arbeit hat er zudem ein Herz für seine Stiefschwester und für alle übrigen Lebewesen, die ihm anvertraut sind.

Als man Henning ausgerechnet an diesem Abend in den Stall ruft, weil es Probleme bei der Geburt eines kleinen Fohlens gibt, sind die Opernkarten vergessen. Ohne sich um seinen teuren Zwirn zu kümmern, kniet er im Stroh und tut sein Bestes, dem jüngsten Bewohner von Friedenau ins Leben zu helfen. Das kleine Fohlen ist zu schwach, um bei seiner Mutter zu trinken, aber es verweigert auch die Flasche. Wenn es nicht bald Nahrung zu sich nimmt, gerät es in Lebensgefahr.

„Na, komm schon ...", mit sanfter Stimme murmelt der junge Graf in das spitze kleine Pferdeohr. Er streichelt mit der freien Hand beruhigend über die zitternde Flanke des Tieres, während die andere ihm die Flasche hinhält.

Carolin ist von den schlanken, zärtlichen Männerhänden fasziniert, die es tatsächlich im Verein mit der Stimme schaffen, das Fohlen zum Trinken zu bewegen. Henning lächelt strahlend und teilt seinen Triumph mit Carolin, die wie von selbst neben ihm in das Stroh sinkt. Unter ihren Fingerkuppen spürt sie das weiche Fell des kleinen Pferdes, seine Atemzüge und den energischen Hunger, mit dem es jetzt an der Flasche saugt.

„Ich fürchte, das war's mit unserem Opernbesuch", sagt Henning ein wenig schuldbewusst.

„Oh ... ich fand DIESE Inszenierung auch sehr gelungen", erwidert Carolin. In ihren Augen steht eine Bewunderung, die Henning durch und durch geht. Von diesem Blick hat er geträumt!

Ihre Augen lassen sich nicht mehr los, während das kleine Fohlen die Flasche bis auf den letzten Tropfen leert. Danach bettet Henning es sorgsam auf das Stroh, ehe er sich gemeinsam mit Carolin erhebt. Ihre Blicke begegnen sich, halten sich fest. Wie von einer unsichtbaren Macht getrieben, sinkt Carolin in Hennings Arme und erwidert seinen leidenschaftlichen Kuss. Atemlos, aufgeregt, verwandelt und völlig aufgelöst nehmen sie erst irgendwann später die Welt wieder zur Kenntnis.

„Meine Güte, habe ich auf diesen zweiten Kuss lange warten müssen", raunt Henning heiser und erinnert sich an den ersten Kuss in der Tür des Bildersaales.

Genau daran möchte Carolin jetzt NICHT denken. Sie schmiegt sich in Hennings Arme und sucht seinen Mund. Sie kann gar nicht genug bekommen von seinen Küssen und diesem neuen, seltsamen und berauschenden Gefühl, das sie in seinen Armen empfindet. Wie hatte ihr Hennings Zuneigung je lästig sein können? Am liebsten würde sie die Welt anhalten und für immer nur noch das eine tun: Henning küssen!

Dummerweise dreht sich die Welt jedoch weiter, und zwar mit allen unangenehmen Zeitgenossen. Einer davon steht in der Eingangshalle des Schlosses, als sie Arm in Arm ins Haus kommen: Joachim Obermann! Henning zieht sich diskret in die Bibliothek zurück. Er ahnt, dass Carolin diese Sache alleine regeln möchte.

Carolin muss ihre Hände im Zaum halten, denn am liebsten würde sie Joachim mit allen zehn Fingernägeln durchs Gesicht fahren. Warum muss er immer dann auftauchen, wenn sie ihn gerade aus ihrem Gedächtnis getilgt hat?

„Im Gegensatz zu anderen Leuten habe ich meine Geschäfte nicht vergessen", grinst er anzüglich. „Ich habe einen neuen Kunden aufgetan!"

Carolins Augen fliegen zur Bibliothekstür. „Nicht hier!", zischt sie nervös und zieht ihn in den Bildersaal, wo sie um diese Zeit vor neugierigen Ohren sicher sind.

„Sieht so aus, als hätte der junge Herr Graf Sie bereits erobert!", kommentiert er zynisch die Lage.

„Über mein Privatleben müssen SIE sich keine Sorgen machen!", faucht Carolin zurück.

„Die Sorgen werden SIE sich machen müssen, wenn Sie alberne Skrupel bekommen", droht Joachim kalt. „Außerdem brauchen Sie ja wohl die Kohle …"

Er kann nicht ahnen, wie sehr er damit ins Schwarze trifft. Carolin blickt bedrückt zu Boden. Sie weiß, dass sie keine andere Wahl hat, aber die Erkenntnis tut scheußlich weh. Besonders, als Henning ihr am nächsten Morgen auch noch das kleine Fohlen schenkt, das in der Nacht zuvor auf die Welt gekommen ist.

„Ich möchte, dass du etwas besitzt, das dich ganz eng mit Friedenau verbindet", sagt er zärtlich. „Ganz egal, für wen du dich am Ende entscheidest!"

Carolin schluckt betroffen. „Das bedeutet mir unendlich viel …", flüstert sie mit heiserer Stimme und kämpft mit den Tränen.

Henning spürt ihr Zittern. „Du musst nichts überstürzen!", versucht er sie zu beruhigen, als wäre sie ebenfalls ein scheues, ängstliches Fohlen. „Ich lasse dir schon Zeit. Ich kann mir vorstellen, dass das alles nicht ganz einfach für dich ist. Schau, ich habe ohnehin zu tun, du kannst dich also ganz allein mit deinem neuen Besitz bekannt machen ..."

Carolin sieht ihm verwirrt nach. Zum ersten Male in ihrem Leben will es ihr nicht gelingen, ihre Gefühle wie gewohnt zu kontrollieren. Seit sie Henning von Anstetten geküsst hat, ist alles durcheinander geraten. Nachdenklich legt sie den Arm um das kleine Pferdebaby, das sie vertrauensvoll anstupst. Was für ein niedliches Kerlchen! Bei ihm muss sie nicht fürchten missverstanden oder ausgenützt zu werden. Hier kann sie einfach Carolin sein. Schon aus diesem Grund macht sie es sich zur Gewohnheit, ihren Schützling täglich zu besuchen und zu pflegen. Es lenkt sie für kurze Zeit von ihren Problemen ab.

Im Stall wird sie schnell zu einer vertrauten Gestalt, die sich in den täglichen Betrieb einfügt und manches sieht, was Henning entgeht. Zum Beispiel, dass Clarissa von Anstettens arroganter Sekretär Gregor sich verdächtig oft bei der Box von Aziz herumtreibt, der in Kürze bei einem wichtigen Rennen starten soll. Sie informiert Henning darüber und verhindert ahnungslos eine Intrige seiner Exstiefmutter Clarissa.

Hennings Dank lässt nicht auf sich warten. Am Tag

Henning kann sein Glück kaum fassen. Carolin erwidert seine Liebe und trägt das Kollier seiner Mutter.

nach dem Rennen überreicht er ihr eine kostbare Kette mit edlen Steinen.

„Du hast den Anstettens einen Skandal erspart", wehrt er ihren Protest ab. „Ich hoffe, das Schmuckstück gefällt dir. Es hat meiner Mutter Astrid gehört und ist ein Teil unseres Familienerbes. Es war immer dazu bestimmt, von jemand ganz Besonderem getragen zu werden ..."

Die schimmernden Steine verschwimmen vor Carolins Augen, so gerührt und beschämt ist sie von dem neuerlichen, wunderbaren Geschenk. Sie mag gar nicht daran denken, wie SIE Henning für all seine Liebe und sein Vertrauen dankt.

Sie versucht wenigstens einen Teil ihrer Schuld abzutragen, indem sie ein Portrait von Henning anfertigt. Eine Arbeit, die ihr bei weitem mehr Vergnügen macht, als die neuerliche Fälschung, auf die sie sich eingelassen hat. Sie kann es auch nicht mehr ertragen, dass Joachim sich als ihr Freund ausgibt und startet ihrerseits eine kleine Erpressung. Sie will nur dann weiter für ihn arbeiten, wenn sie sich „offiziell" voneinander trennen. Joachim macht seine üblichen blöden Witze, aber er riskiert es trotz allem nicht, Carolin zu verärgern. Ihr unbestreitbares Können ist lebenswichtig für seine kriminellen Geschäfte.

Henning ist überglücklich, als Carolin ihm gesteht, dass sie Joachim den Laufpass gegeben hat.

„Du kannst nicht von mir erwarten, dass ich das bedaure!", lacht er.

Carolin kann seine Erleichterung nachfühlen. Wenigstens eine Lüge weniger! Selbst wenn sie den riesigen Lügenberg, den sie zwischen ihnen aufgehäuft hat, damit nur um ein winziges Stückchen abgetragen hat. Wie soll es jetzt weitergehen?

Sie weiß, dass sie Hennings Geschenke, seine Aufmerksamkeiten, seine Gefühle ablehnen sollte, aber sie hat nicht länger die Kraft dazu. Wieso sollte sie das Glück ablehnen, das sie bei ihm finden kann? Sie schickt ihn nicht weg, als er eines Abends mit einer

An diesem Abend lässt sich Henning nicht mit einem Gute-Nacht-Kuss davonschicken! Er will mehr von Carolin …

Flasche Champagner in ihrem Zimmer steht und mehr will als nur leidenschaftliche Küsse.

Henning glaubt sich am Ziel seiner Wünsche, als Carolin mit ihm schläft. Ihre Hingabe zeigt ihm, dass sie seine Gefühle erwidert und dass zwischen ihnen endlich alles klar ist. Künftig werden sie nicht nur das Frühstück, sondern auch alles andere miteinander teilen!

Die Romanze zwischen Carolin und Henning erregt auch die Aufmerksamkeit seiner Stiefmutter Clarissa von Anstetten. Seit Henning ihr in der Sache mit dem Pferderennen einen Strich durch die Rechnung gemacht hat, ist sie argwöhnisch geworden. Wer ist diese Carolin Odenthal, an deren Seite aus dem gehorsamen Stiefsohn plötzlich ein energischer junger Mann geworden ist, den sie nicht mehr so einfach wie früher um den Finger wickeln kann? Sie beauftragt ihren Sekretär Carolin zu überprüfen.

Gregor ist erfolgreich. Er durchsucht heimlich die Sachen der jungen Frau und findet einen Brief, der an Carolin Mohr adressiert ist. Die Schreiberin berichtet darin, dass sie auf ein baldiges Wiedersehen hoffe und dass ihr Zustand in den letzten Wochen gleich geblieben sei. Clarissa befiehlt Gregor mehr über die kranke Unbekannte herauszufinden, die ebenfalls Mohr heißt und entweder Carolins Schwester oder Mutter ist. Frauen, die ihren Namen ändern, sind erpressbar, das weiß sie aus eigener Erfahrung.

Carolin hat keine Ahnung von dem Unheil, das sich über ihr zusammenbraut, aber sie fühlt sich trotzdem nicht wohl in ihrer Haut. Zwischen ihren Gefühlen für Henning und Joachims Anweisungen hin- und hergerissen, fällt es ihr mit jedem Tag schwerer, die Nerven zu bewahren und Henning ein unbeschwertes Gesicht zu zeigen. Hinzu kommt, dass Joachim ihm erneut über den Weg läuft, als er mit Carolin Einzelheiten über den nächsten Bilderaustausch besprechen will.

Henning versucht tapfer seine Eifersucht unter Kontrolle zu halten. „Du brauchst dich nicht vor mir zu rechtfertigen", will er sie beruhigen, aber es hört sich genau nach dem Gegenteil an. „Ich wollte dich nie bedrängen."

Carolin weiß, dass sie ihm wehtut, aber sie hat keine Ahnung, wie sie es vermeiden sollte. Sie mag gar nicht daran denken, dass der Abschied von Henning unmittelbar bevorsteht. Die Vernunft rät ihr zur Flucht nach Lissabon, aber ihr Herz sieht die Sache ganz anders. Das würde weitaus lieber bei Henning bleiben! Und es ist genau dieses Herz, das Mitleid mit ihm hat und sie endlich die Worte sagen lässt, auf die er schon so lange wartet.

„Du hast nichts falsch gemacht, Henning! Ich liebe dich, ganz egal, was auch passiert!"

Henning ist so überwältigt von diesem Geständnis, dass ihm gar nicht auffällt, wie bedrückt Carolin dabei aussieht und wie wehmütig ihre Stimme klingt.

„Du glaubst gar nicht wie glücklich ich bin!", raunt er heiser, als er sie in ihrem Zimmer in die Arme nimmt und in eindeutiger Absicht in Richtung Bett drängt.

Carolin wehrt sich nicht dagegen. Sie will genauso nah bei Henning sein, wie er bei ihr. Dummerweise entgeht ihr dabei, dass die stürmische Umarmung ihre Handtasche zu Boden wischt. Die Klappe öffnet sich und ein paar Papiere rutschen auf den Boden. Das Ticket nach Lissabon und die Hotelbestätigung liegen so offen da, dass Henning beides gar nicht

Eine erneute Enttäuschung für Henning: Will Carolin ihn nun doch verlassen?

übersehen kann, als er geraume Zeit später seine Schuhe sucht. Es ist ein One-way-Ticket ohne Rückflug!

Ungläubig fordert er eine Erklärung von Carolin. „Du sagst, dass du mich liebst, aber trotzdem willst du mich so einfach verlassen?"

Es zerreißt Carolin das Herz, dass sie ihm keine ehrliche Antwort geben darf und kann. „Ich liebe dich, bitte glaube mir!"

Henning weiß nicht mehr, was er glauben soll. Genau im glücklichsten Moment seines Lebens wird er unsanft um alle Illusionen gebracht. Er stürmt aus Carolins Zimmer und sieht nicht einmal mehr die Tränen in ihren Augen.

Die nächsten vierundzwanzig Stunden sind die reinste Folter für Henning. Aber auch Carolin leidet schrecklich. Schließlich ist sie nicht aus Abenteuerlust, sondern aus Verzweiflung Bilderfälscherin geworden. Die lebensbedrohliche Krankheit ihrer Schwester Isabell zwingt sie dazu. Die Jüngere liegt in einem Schweizer Sanatorium, das Unsummen kostet. Auch die erfolgreichste Kunstagentin könnte nicht genügend Geld dafür verdienen!

Aber hat Isabell in ihrem letzten Brief nicht erwähnt, dass ihr Zustand seit Wochen stabil ist? Dass es Hoffnung auf Besserung gibt? Wenn Isabell tatsächlich geheilt werden würde, könnte sie doch bei Henning bleiben!

Auch Henning hat sich den Kopf zerbrochen und am Ende entschuldigt er sich bei Carolin, die vor ihren halb gepackten Koffern sitzt und nicht weiß, was sie tun soll.

„Ich habe mich absurd benommen, es tut mir Leid. Ich habe schließlich kein Besitzrecht an dir und auch kein Recht, mich in deine Pläne einzumischen, Carolin! Ich wollte dir nur sagen, dass ich dich liebe und dass ich auf dich warten werde, bis du zurück …"

Er kommt nicht weiter, denn Carolin legt einen Finger auf seine Lippen. Dann zerreißt sie das Flugticket vor seinen Augen in kleine Fetzen.

„Ich kann dich nicht verlassen, Henning!", flüstert sie. „Ich liebe dich!"

„Bist du dir sicher?"

„Ganz sicher!", haucht Carolin. „Ich war nur so durcheinander. Ich habe in der Vergangenheit einige Dummheiten begangen und es schien mir der beste Ausweg, einfach zu flüchten. Aber jetzt ... Ich kann es nicht! Ich will in deiner Nähe sein, weil ich dich liebe!"

Sie verhindert weitere Fragen, indem sie Henning leidenschaftlich küsst und er diese Küsse erwidert. Er hat sich inzwischen daran gewöhnt, dass Carolin manchmal schwer zu begreifen ist. Hauptsache, sie bleibt bei ihm!

Carolin weiß allerdings, dass sie sich mit ihrem Entschluss bei Henning zu bleiben in eine verzweifelte Lage gebracht hat. Sie hat Joachim den Bildertausch zugesagt und muss ihn trotz allem durchführen. Isabell benötigt das Geld. Nur die teure Behandlung in der Schweizer Klinik hält sie im Moment am Leben und jede unbezahlte Rechnung bringt sie von neuem in Gefahr.

Carolin muss das Risiko eingehen, den zweiten Bildertausch noch am selben Nachmittag zu wagen. Je eher sie es hinter sich bringt, desto besser ist es. Sie hat gerade die Alarmanlage außer Kraft gesetzt, das Originalgemälde abgehängt und die Fälschung in der Hand, als Henning die Galerie betritt. Die Situation ist so eindeutig, dass niemand sie missverstehen könnte!

Carolin sieht, wie die Fragen auf Hennings Gesicht zu Zweifeln und schließlich zu Entsetzen werden. Wie er benommen den Kopf schüttelt, als habe er Wasser in den Ohren und mit völlig fremder Stimme sagt: „Du wolltest die Bilder austauschen? Du wolltest das Original stehlen! Wie kannst du mir das nur antun?"

Carolin schweigt. Was soll sie antworten? Sie weiß selbst, dass jedes Wort zu viel und zugleich zu wenig ist. Sie kann und will nicht erklären, was sie hier tut.

„Es war also alles Lüge?", stellt Henning erbittert fest. „Du hast dich von Anfang an bei uns eingeschlichen, um meine Familie zu bestehlen!"

Seine Gestalt verschwimmt vor Carolins Augen, als sie gegen jede Vernunft versucht, noch ein wenig von der Liebe zu retten, die zwischen ihnen ist.

„Es stimmt", gibt sie heiser zu. „Ich habe dich benutzt, um nach Friedenau zu kommen, aber das war nur am Anfang so. Inzwischen hat sich alles geändert! Ich liebe dich wirklich, das musst du mir glauben! Auch wenn alles gegen mich sprechen mag, meine Liebe ist echt!"

Henning kommt sich vor, als sei er unvermittelt gegen eine Wand gelaufen. Ausgerechnet Carolin! Eine Kunstfälscherin! Eine Betrügerin!

„Ich wollte schon immer Malerin werden", wagt Carolin noch einmal, ihre Motive zu erklären. „Aber alle großen Kunstakademien haben mich abgelehnt. Erst als ich bei einem Kunstauktionator arbeitete, habe ich wieder mit dem Malen begonnen. Zu meinem Vergnügen habe ich auch die Techniken und Arbeiten alter Meister studiert und kopiert. Ich dachte, mein Chef würde mich unterstützen, aber als ich ihm meine Arbeiten zeigte, hat er mich ausgelacht. Ich war tief verletzt und deswegen habe ich die ersten Bilder bei ihm ausgetauscht. Ich wollte der Kunstwelt beweisen, dass ich gut bin!"

Henning schweigt und Carolin spricht hastig weiter, obwohl sie längst ahnt, dass es sinnlos ist. „Ich weiß, dass das keine Entschuldigung ist, aber kannst du nicht wenigstens ein bisschen verstehen, was in mir vorgegangen ist?"

„Was hast du eigentlich mit den ausgetauschten Originalen angestellt?", erkundigt sich Henning kalt.

Carolin versucht ihr Erschrecken zu verbergen. Genau darüber möchte sie am allerwenigsten reden. „Ich … ich bewahre die Gemälde an einem geheimen Ort auf. Es ist mir bei allem immer nur um die Kunst und den Beweis gegangen, dass niemand meine Werke von einem Original unterscheiden kann!"

Glaubt Henning das Märchen? Sein Gesicht ist jetzt ohne jede Regung. Als jedoch Christoph auf dem Weg in seine Räume im Bildersaal vorbeikommt, stellt er sich so vor die Fälschung, dass sein Vater nicht sehen kann, was passiert ist. Was er nicht verbergen kann, ist die Verstimmung zwischen ihm und Carolin. Auch der Ahnungsloseste merkt, dass er vor Wut kocht und Carolin den Tränen nahe ist. Glücklicherweise stellt Christoph keine Fragen.

Für Carolin ist die Sache klar, als Henning danach wortlos aus der Galerie stürmt. Sie hat alles zerstört und er findet nur noch ihren Abschiedsbrief, als er am nächsten Tag mit ihr sprechen will.

„Mir ist klar, dass du mir nicht verzeihen kannst", liest er fassungslos. „Auf dieser Basis gibt es für uns kein gemeinsames Leben. Vielleicht kannst du mir irgendwann einmal verzeihen! Ich liebe dich! Das war nie gelogen und ist es auch jetzt nicht! Ich danke dir für die wunderschönen Stunden und wünsche dir alles Gute für die Zukunft!"

Henning starrt wie betäubt auf die Zeilen. Carolin ist fort. Ist das nicht das Beste für alle? Der Schrank ist leer und die kostbare Kette seiner Mutter, die er ihr geschenkt hat, liegt in ihrem Samtetui neben dem Brief. Sie hat nicht einmal dieses Andenken mitgenommen!

Carolin möchte Düsseldorf schnellstens verlassen. Sie täuscht Joachim über die tatsächlichen Ereignisse in Friedenau und behauptet, in Rom eine Gemäldeauktion im Auftrag des Grafen besuchen zu müssen. Sie wird den Bildertausch bei ihrer Rückkehr durchziehen und bis dahin muss er sich mitsamt seinem Auftraggeber eben gedulden.

Da Joachim Obermann in diesem Moment in andere, eigene Schwierigkeiten verwickelt ist, verzichtet er darauf, sie eingehender zu befragen. Carolin kann erleichtert ihre Koffer aus dem Atelier in das Taxi zum Flughafen verfrachten. Je mehr Kilometer zwischen ihr und Joachim liegen, desto sicherer wird sie sich fühlen.

Trotzdem kostet es sie unendliche Überwindung, am Airline-Schalter ihr Ticket zu präsentieren. Sie lässt ihr Herz in Friedenau zurück!

„Carolin!"

Henning? Nein, das ist unmöglich! Sie muss träumen! Er würde sie nie rufen, nie aufhalten. Und doch – zwischen Unglauben und Freude dreht sie sich um und landet genau in seinen Armen!

„Henning!"

„Ich lasse dich nicht fort! Du kannst nicht einfach vor mir davonlaufen!"

„Ich hab mich so geschämt ..." Carolin weicht seinen Augen aus. „Ich bin mir so schäbig vorgekommen. So gemein ... ich verdiene deine Liebe nicht!"

Henning schenkt ihr ein jungenhaftes Lächeln. „Ich liebe dich trotzdem! Ich kann nicht anders! Aber eines musst du mir versprechen: Keine Lügen mehr! Und den Original-Rotherford hängst du zurück in den Bildersaal!"

Er ahnt nicht, was er da von ihr verlangt. Aber Carolin hätte ihm in diesem Augenblick sogar den Mond vom Himmel geholt. Dabei ahnt sie schon jetzt, dass die Rückführung des Rotherfords nahezu ein Ding der Unmöglichkeit ist.

Als Erstes muss sie den Namen und die Adresse des Auftraggebers herausfinden, denn diese Angaben hält Joachim bei jedem Deal strikt geheim. Seine Kontakte sind sein Kapital. Wenigstens weiß sie, wo sie danach suchen muss. Joachim ist in das Atelier gezogen, das sie bisher lediglich zum Kopieren benutzt hat. Da er keinerlei Anlass hat, ihr zu misstrauen, kann sie sein Adressbuch in aller Ruhe nach einem Hinweis auf den Rotherford durchblättern.

Sie macht jedoch den Fehler, das Blatt mit den Notizen zu entfernen und Joachim kann sich wenig später selbst denken, wer das getan hat und aus welchen Gründen. Er lauert Carolin auf, als sie in der Villa seines Kunden den Austausch des Gemäldes vornehmen will. Es bleibt ihr nichts anderes übrig, als die Fälschung zurück nach Friedenau zu bringen. Henning vertraut ihr vorbehaltlos. Er hält die Kopie jetzt für das Original und Carolin wird machtlos in die nächste schreckliche Lüge verstrickt.

Hinzu kommt, dass die Klinik ihrer Schwester die fälligen Rechnungen anmahnt. In ihrer Verzweiflung versucht sie, das kostbare Familienerbstück zu beleihen, das ihr Henning zurückgegeben hat.

Der Händler bietet eine sechsstellige Summe, falls sie die Kette verkauft, aber Carolin möchte sie lediglich verpfänden, bis sie ihren finanziellen Engpass überwunden hat. Das bedeutet freilich, dass sie nur ein Drittel des echten Wertes als Leihsumme erhält. Es reicht gerade, um Isabells Behandlung für ein paar Wochen zu bezahlen. Wie es danach weitergehen soll, steht in den Sternen.

Henning bemerkt ihre kummervolle Miene und tut alles, um sie aufzumuntern. Carolin soll sehen, dass er ihr verziehen hat. Er richtet ihr auf Friedenau ein eigenes Atelier ein. Hier kann sie in Ruhe malen und einen neuen Anfang als ernsthafte Künstlerin wagen! Sie ist zu Tränen gerührt, während sie gleichzeitig vor Scham in den Boden versinken möchte.

Henning und Carolin sind so glücklich, dass sie alles um sich herum vergessen. Aber ihre Feinde sind nicht untätig.

„Ich werde versuchen, dich nicht zu enttäuschen!", verspricht sie mit kaum hörbarer Stimme.

„Du sollst das nicht für mich, sondern für dich tun!", stellt Henning sanft, aber bestimmt richtig.

„Und mit deiner Hilfe werde ich es auch schaffen!", spricht sich Carolin selbst Mut zu, denn sie weiß, wie schwer es für eine unbekannte Künstlerin ist, in der Szene Fuß zu fassen. Aber vielleicht hat sie dieses Mal mehr Glück. Mit den Verbindungen der Familie von Anstetten sieht die Welt schließlich ein wenig anders aus.

Hennings Optimismus ist so ansteckend, dass Carolins Bedenken ebenfalls nach und nach verschwinden. Als sie jedoch feststellt, dass sie den Pfandschein ihrer Kette nicht mehr finden kann, gerät sie neuerlich in Panik. Sie versucht den Schmuckhändler zu überreden, ihr einen zweiten Schein auszustellen, aber sie hat keinen Erfolg damit. Der Mann weist sie darauf hin, dass sie ihren Pfandschein verkauft haben könnte und er nicht bereit sei, die Ansprüche mehrerer Personen zu begleichen.

Die verzweifelte Carolin ahnt nicht, dass sich ihr Pfandschein wie auch die Kette, in Clarissas Händen befindet. Gregor hat wieder einmal zugeschlagen. Die Anwesenheit Carolins auf Friedenau wird der Gräfin nämlich mit jedem Tag lästiger. Sie kann keine zielstrebige Frau gebrauchen, die Henning den Rücken stärkt. Sie gönnt sich persönlich das Vergnügen, die junge Frau mit ihren Heimlichkeiten zu konfrontieren.

„Ich frage mich, warum Sie überhaupt so nachlässig mit kostbaren Geschenken umgehen müssen", stichelt sie boshaft. „Henning würde Ihnen doch sicher jede Summe leihen! Außerdem interessiert es mich natürlich brennend, wofür Sie so viel Geld brauchen!"

Carolin ist ebenso empört wie alarmiert. Was will diese Schlange von ihr? Und was noch wichtiger ist: Was weiß sie?

„Geheimnisse?", säuselt Clarissa, als sie hartnäckig schweigt. „Ich liebe Geheimnisse ... Frau Mohr! Mit welchem Namen möchten Sie künftig denn gerne angesprochen werden?"

Carolin schluckt. Sie versucht verzweifelt, ihr Entsetzen zu überspielen. „Odenthal ist mein Künstlername. Wie Sie wissen, bin ich Malerin!"

„Ach ja?" Clarissa von Anstetten lässt die Kette viel sagend zwischen ihren lackierten Krallen baumeln. Sie scheint zu ahnen, dass jedes Aufblitzen der kostbaren Steine Carolin bis ins Mark trifft. „Eine brotlose Kunst, nicht wahr? Also, wenn Sie solche finanziellen Probleme haben, dann wüsste ich vielleicht eine Möglichkeit, wie Sie Ihre Kette auch ohne Geld wieder zurückbekommen."

Carolin traut ihren Ohren nicht, als sie Clarissas Vorschlag vernimmt. Sie soll herausbekommen, was Henning und sein Vater gegen die ihre Exstiefmutter und Exfrau im Schilde führen, damit jene rechtzeitig Gegenmaßnahmen ergreifen kann. Hat die Frau den Verstand verloren?

„Überlegen Sie sich die Sache gut. Sie wissen ja, wo Sie mich finden!", lächelt Clarissa siegessicher. Sie zweifelt keinen Moment daran, dass Hennings betrügerische Freundin dieses Angebot annehmen wird.

Aber sie hat die Rechnung ohne Carolin gemacht.

„Die Kette ist mir zwar wichtig, aber nicht so wichtig, dass ich meine Beziehung zu Henning deswegen aufs Spiel setzen würde!", erklärt sie Clarissa am nächsten Tag.

Die Gräfin lächelt gefährlich und überreicht ihr die Kette trotzdem. Carolin stutzt nur kurz. Denn schon ein flüchtiger Blick auf die Steine sagt der geschulten Kunstkennerin, dass es sich zwar um eine gute Arbeit, aber dennoch um eine wertlose Fälschung handelt.

„Im Moment ist es doch wohl die Hauptsache, dass Henning nicht merkt, dass Sie sein Geschenk versetzt haben, nicht wahr?", beantwortet Clarissa ihre stumme Frage.

Carolin geht ohne Gruß, aber sie nimmt die falsche Kette mit. Kein Wunder, dass ihre Gegnerin triumphierend lächelt. Wer den kleinen Finger gibt, reicht früher oder später auch die ganze Hand.

Carolin ist verzweifelt. Was soll sie tun? Die Ereignisse setzen sie immer mehr unter Druck. Inzwischen hat die Polizei Joachim Obermann verhaftet, der offensichtlich nicht nur ein Betrüger, sondern auch noch ein Mörder ist. Verständlich, dass sich Henning dafür interessiert, wie weit sie in Obermanns Verbrechen verwickelt war, nachdem alle Zeitungen über den Fall berichten.

Sie rettet sich erneut in eine Lüge und behauptet, dass Joachim nicht mehr war als ein oberflächlicher Bekannter aus der Kunstszene. Sie habe ihn um den Gefallen gebeten ihren Freund zu spielen, um Henning auf Distanz zu halten. Er wisse doch selbst, wie sehr sie sich am Anfang gegen ihre Gefühle für ihn gewehrt habe.

„Ich habe viel eher den Eindruck, dass du immer erst dann mit der Wahrheit herausrückst, wenn dir gar nichts anderes mehr übrig bleibt!", wirft er ihr gekränkt vor. „Langsam weiß ich wirklich nicht mehr, was ich glauben soll!"

Carolin versteht ihn besser, als er denkt. Wenn Henning jemals das ganze Ausmaß ihres Betruges erfährt, dann ist ihr Glück endgültig vorbei. Schon wenige Tage danach sieht es ganz so aus, als wäre dieser Zeitpunkt bereits gekommen. Clarissas Sekretär Gregor wechselt die Fronten und verrät Christoph, dass die Freundin seines Sohnes angeblich für seine Exfrau spioniert. Henning lacht den Grafen aus, als er davon erfährt.

„Merkst du nicht, dass es Clarissa nur darum geht, Unfrieden zu stiften? Bei mir schafft sie das nicht! Ich liebe Carolin und werde sie heiraten!"

„Du willst sie heiraten?" Christoph ist entsetzt. „Du weißt doch überhaupt nicht, wer diese Frau ist!"

Sein Sohn sieht das anders. Er ist schließlich alt genug, um selbst zu entscheiden, wen er zur Frau möchte und er ist nicht bereit, sich wieder von Carolin zu trennen. Auch wenn sie die geheimnisvollste Frau ist, die er je kennen gelernt hat. Eine Künstlerin eben, die er auf Händen tragen möchte. Für das entsprechende Verlobungsgeschenk besorgt er sich heimlich die Familienkette und Carolin trifft fast der Schlag, als das Etui zufällig aus seiner Jackentasche fällt.

Wenn Henning das Geschmeide einem Fachmann zeigt, wird der auf Anhieb die Kopie erkennen! Sie schindet eine Galgenfrist heraus, indem sie ihn bittet, die Kette erst am nächsten Tag zum Juwelier zu bringen, weil sie das schöne Stück angeblich bei einem wichtigen Termin tragen will. Als Glücksbringer. In Wirklichkeit zermartert sie sich freilich den Kopf darüber, wie sie das Original bis dahin wieder in ihren Besitz bringen kann.

Clarissa begegnet ihrer höflichen Bitte mit Hohn und Spott. Wenn der Fall wirklich so dringend ist, dann soll sie dafür sorgen, dass sich Henning und sein Vater für immer entzweien. Ansonsten muss sie bedauern. Da sie sich offenbar sehr sicher fühlt, erzählt die Gräfin Carolin bereitwillig, wo sie die Kette aufbewahrt und dass sie am Abend eine Opernpremiere besuchen will.

Carolin kann natürlich nicht ahnen, dass diese geschickt ausgestreute Fehlinformation eine Falle ist. Als sie nämlich am Abend zurückkommt und in ihrer Verzweiflung das Original stiehlt und die Kopie zurücklässt, wird sie dabei unbemerkt von Clarissa und ihrem Sekretär Gregor beobachtet. Carolin schämt sich anschließend schrecklich, aber zumindest trägt Henning jetzt das richtige Kollier zum Juwelier.

Ihr mutiger Coup bringt auch Gregors Pläne zum Scheitern. Er hat Christoph von Anstetten von der Kopie berichtet und ihn dazu angestiftet, das Schmuckstück prüfen zu lassen. Henning ist stocksauer auf seinen Vater. Um so mehr, als der Juwelier bestätigt, dass es sich bei der wertvollen und überaus kostbaren Kette um eine bildschöne Arbeit aus dem vorigen Jahrhundert handelt.

Henning bestellt einen Verlobungsring, der genau zur Kette passt, während Christoph zähneknirschend daneben steht. Das Vertrauensverhältnis zwischen Vater und Sohn ist empfindlich gestört. Kaum zurück in Friedenau, geht jeder seiner eigenen Wege und die dicke Luft zwischen den beiden verdirbt auch allen anderen die Stimmung. Henning weigert sich sogar, die Entschuldigung seines Vaters anzunehmen. Clarissa hat ihr Ziel also auch ohne Carolins erreicht!

Carolin macht sich heimliche Vorwürfe. Im Grunde ist SIE an dem Zerwürfnis schuld. Hätte sie Clarissa keine Handhabe geliefert, wären Vater und Sohn noch immer die besten Freunde. Auch Christoph sieht das so. Er fordert sie auf, Friedenau umgehend zu verlassen.

„Mein Sohn mag ja blind vor Liebe zu Ihnen sein, Frau Odenthal oder Mohr oder wie immer Sie heißen, aber ich lasse mich nicht länger von Ihnen täuschen!"

„Ich habe nichts mit Ihrer geschiedenen Frau zu tun", verteidigt sich Carolin müde.

Was soll sie nur tun? Im Grunde weiß sie es genau. Es ist höchste Zeit, Henning endlich alles zu beichten. Nach allem, was passiert ist, schuldet sie ihm bedingungslose Ehrlichkeit.

Die romantische Kutschfahrt, zu der er sie ein paar Tage später einlädt, scheint genau die richtige Kulisse für dieses Geständnis zu sein. Allein, sie kommt nicht zu Wort. Der junge Graf hat das romantische Frühstück unter den alten Bäumen aus einem speziellen Grund vorbereitet und will ausgerechnet jetzt keine längst vergessenen Dummheiten aufwärmen.

„Du bist verrückt, mich so zu verwöhnen!", staunt Carolin beim Anblick der Delikatessen und des Champagners.

„Klar bin ich verrückt", gibt Henning gutmütig zu. „Verrückt vor Liebe zu dir. Ich kann mir mein Leben ohne dich nicht mehr vorstellen und deswegen bitte ich dich, meine Frau zu werden!"

„Oh, Henning!" Carolin sucht nach Worten. „Ich liebe dich über alles, aber ich muss dir unbedingt etwas sagen, ehe wir uns ..."

„Schscht!" Henning legt ihr den Zeigefinger auf den Mund. „Das Einzige, was du mir sagen musst, ist, ob du mich heiraten willst oder nicht!"

Carolin wünscht sich nichts sehnlicher und ihre Augen verraten sie, noch ehe ihr Mund die Sätze sagt, die Henning hören möchte. Sie kann sich nicht gegen ihre Gefühle wehren. Er ist so wunderbar und sie liebt ihn so sehr! Aber ehe sie Hennings Frau werden kann, muss sie die Angelegenheit mit dem falschen Rotherford in Ordnung bringen.

Joachim sitzt im Gefängnis und kann sie kein zweites Mal davon abhalten, Kopie und Original zu vertauschen. Falls der heimliche Besitzer des illegalen Rotherfords jemals den Verdacht haben sollte, dass er getäuscht worden ist, wird er sich an Joachim Obermann halten und der ist von der Polizei bereits aus dem Verkehr gezogen. Carolin glaubt, dass sie kein Risiko eingeht, wenn sie in Abwesenheit des Hausherrn in die Villa Bernheim einsteigt.

Nina Ryan, die Chefin vom „no limits", die zu Hennings besten Freunden zählt, ist ihre einzige, echte Vertraute. Nur ihr berichtet sie kurze Zeit darauf von den aufregenden Einzelheiten der gelungenen Austauschaktion. Dass sie auch hierbei von Clarissa bespitzelt wurde, kann sie nicht ahnen.

„Dann hängt jetzt wieder der echte Rotherford in Friedenau?", fragt Nina.

Carolin nickt. „Ich bin ja so froh. Jetzt wird alles in Ordnung kommen, bestimmt ..."

Aber das will Christoph von Anstetten nach wie vor verhindern. Immer wieder fordert er sie auf, die Hände von Henning zu lassen und aus Friedenau zu verschwinden. Carolin ist hin- und hergerissen zwischen ihrer Liebe zu seinem Sohn und der Tatsache, dass seine Vorwürfe sehr wohl stimmen. Sie IST eine Kunstfälscherin und sie HAT Henning unter Vorspiegelung falscher Tatsachen lieben gelernt.

Was kann sie nur tun, damit sich die beiden, die sich ihretwegen in den Haaren liegen, wieder versöhnen? Sie wäre sogar bereit, Friedenau zu verlassen, damit sie sich in aller Ruhe aussprechen können, aber Henning erklärt sie für verrückt.

„ER muss auf uns zukommen und die Versöhnung wollen, etwas anderes kommt für mich nicht in Frage!", stellt er sich ebenso stur wie sein Vater.

Carolin versucht Christoph wenigstens von ihrer aufrichtigen Liebe zu Henning zu überzeugen.

„Ich bin nicht am Geld der von Anstettens interessiert!", schwört sie ihm. „Meinetwegen können wir

Carolins Liebe zu Henning hat keine Zukunft. Sie weiß es, aber ihr Herz will es nicht wahr haben.

das vertraglich festlegen, ehe ich Henning heirate. Sehen Sie denn nicht, dass Henning Sie liebt und dass er nicht glücklich werden kann, solange Sie ihm Ihre Zustimmung verweigern?"

Christoph leidet entsetzlich unter dem Zerwürfnis, aber Carolin ist die Letzte, vor der er das zugeben würde. „Was wollen Sie eigentlich?", schnauzt er sie an.

Schluchzend sinkt sie auf das gesteppte Ledersofa in der Bibliothek. „Ich wollte Henning ja verlassen, weil ich unter diesen Umständen nie mit ihm glücklich werden kann, aber ich habe es nicht fertig gebracht. Noch nie habe ich einen Mann so geliebt."

Carolin kämpft um ihre Beherrschung. Hennings Vater ist vermutlich kein Mann, der auf Frauentränen hereinfällt, auch wenn sie so von Herzen kommen. Sie will ihn mit Argumenten überzeugen, nicht mit Sentimentalität.

„Ich gebe ja zu, dass die Gräfin immer wieder versucht hat, mich für ihre Zwecke einzuspannen", seufzt sie kummervoll. „Aber ich habe nie mit ihr gemeinsame Sache gemacht, das kann ich beschwören!"

Sie ahnt nicht, dass es genau diese Mischung aus Tapferkeit und echtem Gefühl ist, die Christoph gegen seinen Willen für sie einnimmt. Er weiß, wie sehr Henning dieses Mädchen liebt und er weiß auch wie schrecklich es ist, mit einer herzlosen Frau verheiratet zu sein.

„Es war auch nie meine Absicht, dem wahren Glück meines Sohnes im Wege zu stehen …", räumt er zögernd ein. So viel echten Schmerz kann die beste Schauspielerin nicht zeigen, es sei denn er käme von Herzen.

Carolin beendet den Satz für ihn. „Heißt das, Sie haben nichts mehr dagegen, dass Henning und ich heiraten?"

Christoph gibt sich einen erkennbaren Ruck. Nicht, dass er Carolin mit einem Schlage für unschuldig und standesgemäß hält, aber vielleicht ist das alles unwichtig, wenn es um eine so große Liebe geht.

„Bitte bewahren Sie Henning gegenüber noch Stillschweigen", fordert er ein wenig steif. „Ich möchte meinen Sohn heute Abend im Kreise der Familie gerne selbst mit meiner Zustimmung überraschen."

Die improvisierte Verlobungsfeier von Carolin und Henning im Kreise der Friedenauer, wird jedoch von einem peinlichen Auftritt Clarissas gestört. Sie wedelt mit einem Videoband, als handle es sich um eine Siegestrophäe und behauptet, sie könne es nicht mit ansehen, wie ihr lieber Stiefsohn in sein Unglück rennt. Christoph will Clarissa die Tür weisen, aber Henning hält ihn gelassen zurück.

„Die Dame kann mir nichts zeigen, was ich nicht ohnehin schon weiß, Vater! Sie wird sich mit ihren Intrigen nur blamieren!"

Er legt das Video in den Apparat und startet die

Wiedergabe. Carolin erkennt als Einzige auf Anhieb, dass hier der Einbruch in die Villa Bernheim gefilmt wurde, bei dem sie den echten Rotherford gegen die Kopie austauschte. Ihr Herz rast und sie spürt, wie Hennings beschützender Arm von ihrer Schulter gleitet.

„Ich dachte, es würde dich interessieren, womit deine künftige Schwiegertochter in Wirklichkeit ihr Geld verdient!", zwitschert Clarissa gehässig und freut sich über Christophs blasses Gesicht und die entsetzten Mienen von Kati, Carolin und Henning. „Nun ja, ich lasse euch jetzt allein, damit ihr die liebe kleine Carolin in Ruhe mit eurer familiären Großzügigkeit beeindrucken könnt!"

Niemand hält Clarissa zurück. Das tödliche Schweigen wird erst von Henning gebrochen.

„Bitte lasst uns allein!", fordert er seine Familie auf, ehe er sich Carolin zuwendet. Sie sieht die Enttäuschung in seinem Blick. Die niederschmetternde Gewissheit, dass sie ihn immer wieder belogen und betrogen hat.

„Und ich habe dich vor meinem Vater verteidigt ...", sagt Henning so verächtlich, dass Carolin in Tränen ausbricht.

„Ich ... es gibt einen Grund, warum ich die Bilder verkaufen musste", schluchzt sie schmerzvoll. „Ich ... ich habe eine todkranke Schwester, die eine sehr teure Operation und ständig Medikamente benötigt. Sie ist in einem Sanatorium in der Schweiz und ich sah keinen anderen Weg, das Geld dafür aufzubringen ..."

„Rührend!", spottet Henning sarkastisch. „Ich frage mich nur, welche Geschichte du mir morgen auftischen wirst!"

„Das ist keine Geschichte, das ist die Wahrheit!", ruft sie verzweifelt.

„Du kannst nicht erwarten, dass ich dir auch nur ein Wort glaube!", entgegnet Henning vernichtend. „Meinetwegen kannst du heute Nacht noch in Friedenau bleiben, aber morgen erwarte ich von dir, dass du das Schloss verlässt und nie wieder zurückkehrst!"

Carolin bricht tränenüberströmt zusammen, aber Henning verlässt den Raum ohne einen Blick für sie. Dieses Mal hat Clarissa von Anstetten ganze Arbeit geleistet, auch wenn Carolin ehrlicherweise zugeben muss, dass sie ihr jede Menge Material dafür geliefert hat.

Noch in der Nacht packt sie ihre Koffer, aber so sehr sie sich auch bemüht Friedenau früh zu verlassen, Clarissa ist bereits auf den Beinen und beobachtet triumphierend ihren Rückzug. Als Henning auftaucht, erkundigt sie sich fürsorglich, ob er wenigstens Carolins Gepäck durchsucht hat. „Man kann ja nie wissen ..."

Die junge Frau erspart sich die Antwort. Es ist ohnehin quälend genug für sie Haltung zu bewahren. Mit einem letzten Blick auf Henning streift sie den Verlobungsring ab, den sie nicht länger tragen will.

„Auch wenn du mir kein Wort mehr glaubst", sagt sie leise. „In einer Sache habe ich nie gelogen. Ich liebe dich von ganzem Herzen!"

Mit hoch erhobenem Kopf verlässt sie die Halle des Schlosses, ohne sich noch einmal nach Henning umzudrehen. Jeder Zentimeter ihrer schlanken stolzen Figur verkörpert die Gräfin, die sie nun doch nicht werden wird. Henning kann die Augen nicht von ihr nehmen. Er starrt noch die Tür an, als sie schon längst gegangen ist.

Der junge Graf nimmt an, dass Carolin Odenthal damit für immer aus seinem Leben verschwunden ist. Dass sie in der Stadt geblieben ist und manchmal bei Nina im „no limits" Trost sucht, kann er nicht wissen. Er fällt aus allen Wolken, als er sie unverhofft in der Kneipe sitzen sieht. Sie tauschen einen kühlen Gruß, doch die Begegnung wühlt ihn so auf, dass sogar seine Stiefschwester Kati die richtigen Schlüsse zieht.

„Du liebst sie immer noch, nicht wahr?"

Henning zögert. „Ich kann sie nicht vergessen, aber sie hat mich einfach zu sehr mit ihren Lügen verletzt. Ich habe keine Ahnung, wie es weitergehen soll ..."

Nina Ryan, die sowohl Henning als auch Carolin in ihr Herz geschlossen hat, versucht zwischen den unglücklichen Liebenden zu vermitteln.

„Schließlich hat Carolin das alles nur getan, um ihre

Schwester zu retten!", versucht sie Henning zu überzeugen. „Natürlich weiß sie, dass es falsch war, dir nichts davon zu sagen. Aber sie wollte dir nicht das Gefühl geben, das sie dich heiratet, damit du die Krankheit ihrer Schwester finanzierst!"

Henning schweigt düster, aber Nina kennt ihn und seine Gefühle sehr gut.

„Du liebst sie! Es fragt sich, was am Ende stärker ist, deine Sehnsucht nach Carolin oder dein dummer, eigensüchtiger Stolz!"

„Tut mir Leid", widerspricht er halsstarrig. „Aber mein Vertrauen in sie ist völlig zerstört. Es gibt keine Zukunft für uns beide, egal, was ich für sie empfinde! Im Übrigen kannst du nicht wissen, ob sie die Schwester nicht genauso erfunden hat wie alles andere!"

Trotzdem reagiert Henning äußerst sensibel, wenn Carolins Name in seiner Umgebung fällt. Als er zufällig hört, dass Clarissas beste Freundin, Charlie Schneider, die eine Kunstgalerie besitzt, Geschäfte mit Carolin macht, ist er alarmiert. Welche Betrügerei hat sie jetzt wieder im Sinn?

Bei einem unerwarteten Treffen im „Kontur" spricht er sie darauf an. „Für mich liegt es auf der Hand, warum du plötzlich mit einer Galeristin befreundet bist! Du hast es auf ihre Bilder abgesehen! Aber das werde ich nicht zulassen! Ich gehe zur Polizei!"

Zutiefst verletzt versucht ihm Carolin klar zu machen, dass ihre Zusammenarbeit mit Charlie Schneider so eine Art private Rache an Clarissa zum Ziel hat. Henning will nichts davon hören. Erst Charlie kann ihn davon überzeugen, dass Carolin dieses Mal das Recht auf ihrer Seite hat.

Trotzdem entschuldigt er sich nicht bei Carolin für seinen schlimmen Verdacht. Je weniger sie miteinander zu tun haben, um so leichter kann er sie vergessen. Doch dann ist sie von einem Tag auf den anderen aus der Stadt verschwunden. Er sollte erleichtert darüber sein, aber in Wirklichkeit zuckt er jedes Mal wie elekrisiert zusammen, wenn er auch nur eine Frau mit roten Locken auf der Straße sieht. Wie lange es wohl dauert, bis Carolins Bild in seinem Herzen verblasst? Bis er nicht mehr an sie denkt?

Er bekommt keine Chance, es herauszufinden, denn die Ereignisse überstürzen sich. Eines Tages steht ein fremdes, blondes Mädchen in der Halle von Friedenau und lächelt ihn an, als seien sie seit vielen Jahren die besten Freunde. Henning fragt sich verblüfft, woher sie ihn kennt. Er hat sie garantiert noch nie gesehen! „Kann ich Ihnen helfen?", erkundigt er sich höflich.

„Ist es möglich, dass ich meine Schwester bei Ihnen antreffe? Mein Name ist Isabell Mohr!"

Hätte sich der Boden unter Hennings Füßen aufgetan, er hätte nicht fassungsloser dreinschauen können. Carolins Schwester? Das kranke Mädchen, dessen Existenz er so hartnäckig geleugnet hat? Vor ihm steht der lebendige Beweis dafür, dass die Frau, die er liebt, nicht die skrupellose Lügnerin ist, für die er sie gehalten hat!

Isabell wartet geduldig, bis er sich einigermaßen gefasst hat. Sie muss dringend mit Carolin sprechen, weil ihre nächste Operation ansteht.

„Aber dieser Eingriff kostet enorm viel Geld und ich kann nicht einfach zusagen, ohne mit Carolin zu sprechen", erklärt sie ihren Besuch. „Ich habe sie telefonisch nicht erreicht und ich muss mich schnell entscheiden!"

Henning hat zwar keine Ahnung, wo Carolin sich aufhält, aber er weiß, was er für Isabell tun kann. Er wird selbstverständlich die Kosten für ihre Operation übernehmen, das zumindest ist er seiner verschwundenen Exverlobten schuldig. Aber wo steckt Carolin?

Ein Blick auf Isabells durchscheinend blasse Haut und er begreift, welche Verzweiflung hinter ihrer vermeintlichen, kriminellen Energie steckt. Man kann ein solches Mädchen nicht einfach zum Tode verurteilen, weil das Geld für seine Behandlung fehlt.

Sein Vater ist entsetzt, als er erfährt, dass Henning Carolins Schwester helfen will. „Das ist nichts anderes, als ein neuerlicher Versuch, dich um dein Geld zu erleichtern!", behauptet er steif und fest.

Henning jedoch bleibt bei seinem Entschluss, er kann und will Isabell nicht fortschicken. Hat Christoph schon vergessen, wie Julia damals aussah, als sie mit der lebensbedrohenden Diagnose Leukämie ins Krankenhaus kam?

Der Graf lehnt eine Diskussion auf dieser emotionalen Ebene ab. Lieber stellt er Isabell zur Rede und konfrontiert sie mit den Vorwürfen, den „Verbrechen", die ihre Schwester begangen hat. Dem Betrug, mit dem sie sich auf Friedenau eingeschlichen hat.

Isabell hört zum ersten Mal davon und regt sich so schrecklich darüber auf, dass sie mitten in der Debatte einen Zusammenbruch erleidet. Die Folgen sind dramatisch. Schon auf der Fahrt ins Krankenhaus kämpft der Notarzt um Isabells Leben und die Ärzte in der Klinik geben ihr kaum eine Chance. Es gibt lediglich einen Spezialisten in Amerika, der Erfahrung mit der komplizierten Operation hat, die Isabell retten könnte. Aber ...

Christoph will kein ABER hören. Er macht sich schwere Vorwürfe, dass er die Schuld an Isabells Zusammenbruch trägt. Er wird diesen Spezialisten einfliegen lassen. Henning sorgt sich in erster Linie um Carolin. Dass sie ausgerechnet in dieser kritischen Situation nicht zu erreichen ist, beunruhigt ihn zutiefst. Sie hat ihre Zukunft, ihre Ehre und ihre Liebe für Isabell geopfert, sie muss einfach über das Schicksal ihrer Schwester informiert werden! In seiner Verzweiflung lässt er alle Verbindungen spielen und sucht Carolin per Fernseh-Auftritt!

171

Dieses Mal ist das Glück auf seiner Seite. Carolin, die im Sanatorium erfahren hat, dass ihre Schwester mit unbekanntem Ziel verreist ist, sieht die Fernsehsendung und eilt ins Krankenhaus. Aber Isabell liegt bereits auf dem Operationstisch.

Nur Henning wartet in der Klinik. Henning, dessen Blick die eisige Kälte ihrer letzten Begegnungen verloren hat. Zwischen Sorge und Hoffnung macht sie sich selbst Vorwürfe, dass sie nicht rechtzeitig genug gekommen ist, um Isabell wenigstens noch einmal in die Arme zu schließen. Sie weiß, dass das Leben ihrer Schwester an einem seidenen Faden hängt.

Ihre Erleichterung nach der geglückten Operation weicht jedoch einem Schock, als Isabell ihr bittere Vorwürfe macht, sobald sie wieder bei Bewusstsein ist. „Wie konntest du das tun? Bilder fälschen?!"

Carolin weicht zurück. Was soll sie antworten? Sie kann die Jüngere doch nicht mit dem Wissen belasten, dass sie alles nur für sie getan hat. Henning hat da weniger Skrupel. Er rückt die Dinge energisch gerade.

„Sie sollten Ihrer Schwester dafür dankbar sein, Isabell!", sagt er unmissverständlich. „Wenn sie gegen die Gesetze verstoßen hat, dann nicht aus Eigennutz, sondern aus Mitgefühl und schwesterlicher Liebe! Sie sah nur diesen einen Weg, um das Geld zu verdienen, das die Behandlung Ihrer Krankheit erforderte. Können Sie sich vorstellen, wie verzweifelt sie gewesen sein muss, um zu solchen Mitteln zu greifen?"

Seine leidenschaftliche Verteidigungsrede erstickt Isabells Widerspruch im Keim und Carolin fühlt sich noch schuldiger, als sie es ohnehin schon tut. Isabell hat schließlich Recht! Sie HAT kriminelle Energie entwickelt und Unschuldige belogen und betrogen! Sie verdient weder die Zuneigung ihrer Schwester, noch Hennings Mitgefühl.

„Ich war ein Dummkopf!", gesteht er ihr zudem unter vier Augen. „Kannst du mir noch einmal verzeihen? Ich liebe dich! Du bist die Frau, die ich an meiner Seite haben möchte! Bitte gib mir noch eine Chance!"

Sollte sie dazu beitragen, dass Henning sein Leben an der Seite einer Bilderfälscherin vergeudet? Nein! Gerade weil Carolin ihn so schrecklich liebt, verbietet sie sich jeden Gedanken an ein „Ja!". Das darf sie Henning nicht antun, sonst behält sein Vater mit seinen Vorwürfen am Ende Recht.

Doch dann ist es ausgerechnet Christoph von Anstetten, der das Gespräch mit der niedergeschlagenen jungen Frau sucht. Er weiß, dass er in seinem Bemühen, Henning vor Schaden zu bewahren über das Ziel hinaus geschossen ist. Diese Liebe, die alle Schwierigkeiten überlebt hat und Carolin jetzt sogar dazu zwingt, ihr Glück auszuschlagen, nur um Henning nicht zu schaden, ist seiner Meinung nach etwas ganz Besonderes.

Carolin hingegen zögert. Was hat der Graf im Sinn? Neue Vorwürfe, die sie nicht entkräften kann? Wieder ein Hinauswurf? Sie hat ihre Koffer dieses Mal gar nicht ausgepackt, sie weiß, dass sie nicht willkommen ist. Nach dem Ende dieser Unterredung wird sie sofort gehen.

„Es gibt da etwas, das ich Ihnen unbedingt sagen muss", beginnt Christoph ein wenig umständlich und räuspert sich. „Ich würde es als eine besondere Ehre ansehen, wenn Sie meine Schwiegertochter werden! Ich kann mich nur von ganzem Herzen für meine eigenen Fehler entschuldigen! Sie sind die beste Frau, die Henning bekommen kann!"

Völlig entwaffnet starrt Carolin den Grafen an. Hat sie ihn richtig verstanden? Sie war ihm nie böse, denn sie weiß, dass er in erster Linie das Glück seines Sohnes sichern wollte. Aber eine Entschuldigung in dieser Größenordnung verschlägt ihr glatt die Sprache.

Christoph von Anstetten ahnt, was hinter ihrer Stirn vorgeht. „Henning liebt Sie, Carolin! Wollen Sie ihn wirklich verlassen, ohne ihm noch einmal eine Chance zu geben? Das hat er wirklich nicht verdient!"

Henning hat Carolins Koffer gesehen und hängt betrübt in einem Sessel, als sie den Wohnraum betritt. Im festen Glauben, dass sie lediglich gekommen ist, um höflich Abschied zu nehmen, sieht er sie nicht einmal richtig an. Er starrt düster auf den Teppich und bemerkt weder das zärtliche Lächeln um ihren Mund, noch die aufgeregt geröteten Wangen. Vor ihrer leisen Stimme kann er die Ohren indessen nicht verschließen.

„Ich fürchte, ich kann doch nicht ohne dich leben, Henning!", hört er sie sagen. „Wenn du mich wirklich immer noch liebst, dann werde ich bei dir bleiben!"

Carolin beißt sich nervös auf die Unterlippe. Warum sagt er nichts? Warum rührt er sich nicht? Kommt sie zu spät? Hat sie zu lange darüber nachgedacht, ob sie Christophs Rat befolgen soll?

In diesem Moment kommt Leben in Henning. „Heißt das ... heißt das ..."

„Vielleicht bin ich dieses Mal an der Reihe", unterbricht sie ihn, als sie merkt, dass er mit jeder Silbe ringt. „Willst du mein Mann werden, Henning?"

Ob Henning will? Welch eine Frage! Er gibt seine Antwort mit einer Umarmung und einem Kuss, der Carolin den Atem raubt. Sie kann sich nur noch an seinen Hals klammern und in seine Arme schmiegen, bis der erste Sturm über sie hinweg gebraust ist.

„Wir werden so schnell wie möglich heiraten!", übernimmt Henning das Kommando, sobald er wieder denken kann. „Erst einmal standesamtlich. Die kirchliche Trauung und das große Fest auf Friedenau holen wir nach, wenn Isabell wieder ganz gesund ist und richtig mitfeiern kann!"

Carolin ist alles recht und schon zwei unglaublich kurze Wochen später steht sie neben Henning vor dem Standesbeamten. Sie hat Tränen in den Augen, als sie ihr „Ja!" flüstert und Hennings laute Bestätigung hört. Nun kann sie niemand mehr trennen!

Christoph von Anstetten und Isabell Mohr bestätigen als Trauzeugen mit ihrer Unterschrift, dass die turbulente Lovestory zwischen der schönen Bilderfälscherin und dem jungen Grafen ein märchenhaftes Happy End gefunden hat. Friedenau hat eine neue Gräfin!

Gabriella Santos & Daniel Fritzsche

„Das ist er!", denkt Gabriella eine atemlose Sekunde lang, ehe ihr vernünftiger Kopf sofort trocken kommentiert: „Woher willst du das wissen? Weil er aussieht wie frisch vom Surfbrett gefallen? Weil er im Gegensatz zu dir blond und so wahnsinnig mitteleu-

Der erste Blick in Daniels Augen trifft Gabriella wie ein Blitz. Plötzlich ist die Weltreise mit Frank völlig uninteressant.

ropäisch ist, wie sich jedes südamerikanische Mädchen seinen Traumprinzen erträumt? Du hast eine Meise, Gabriella Santos! Eine Vollmeise!"

„Das ist Daniel Fritzsche! Er hat eine Wahnsinnsidee, wie wir die Weltreise finanzieren können ..." Frank Levinskys Erklärungen plätschern an Gabriellas Ohren vorbei, während sie ganz andere Dinge hört und sieht.

Daniel kennt sich aus mit Mädchenblicken. Er ist es gewohnt, dass sie dieses Glitzern in den Augen haben, als sei er eine besonders appetitliche Eissorte, bei der man sich überlegt, an welcher Stelle man zuerst kostet. Er hat nichts dagegen, dass ihn Gabriella Santos so ansieht. Sie ist schließlich ausgesprochen apart mit ihren wilden dunklen Locken und dem Lächeln, das ihre Mundwinkel so spitzbübisch nach oben kräuselt. Er lächelt zurück.

Gabriella schluckt und versucht sich auf Franks Worte zu konzentrieren. Sie überstürzen sich und haben alle etwas mit der Südamerikareise zu tun, die sie mit ihm machen möchte. Er will Venezuela kennen lernen, wo ihr Stiefbruder Ramon aufgewachsen ist. Ramon war Franks bester Freund, aber Gabriella selbst hat ihn nie kennen gelernt. Er war bereits tot, als sie nach Deutschland kam und an seinem Grab lernte sie Frank kennen. Frank leidet schrecklich unter Ramons Tod und die Südamerika-Reise ist für ihn so etwas wie eine Flucht. Doch von einer Weltreise war eigentlich keine Rede. Wovon reden die beiden da ständig?

„Du darfst dir diese Chance nicht entgehen lassen", sagt Daniel eben. „Die ganze Sache wird von einem Radiosender gesponsert, Frank muss lediglich ein paar Reportagen dafür machen."

Eine unbezahlte Weltreise mit Frank und DANIEL? Gabriella zwickt sich heimlich, um festzustellen, ob sie träumt. Aber weder Frank noch Daniel verschwinden von der Couch im Wohnzimmer der Familie Brandner, die Gabriella mit der üblichen Gastfreundschaft aufgenommen hat. Die beiden meinen jede Silbe ernst.

„Kannst du dir das vorstellen?", schwärmt sie ihrer Freundin Milli vor. „Frank meint, dass ich als Co-Moderatorin mitkommen soll."

„Klingt verführerisch", findet Milli. „Aber die Entscheidung fällt dir sicher schwer, wo du doch eben erst dabei bist, dich hier ein bisschen einzugewöhnen …"

„Stimmt schon", gibt Gabriella zu. „Aber ich kann Frank doch nicht im Stich lassen und außerdem hat Daniel die ganze Sache mit dem Rundfunksender aufgerissen. Die beiden brauchen mich!"

„Heißt das, Daniel kommt auch mit auf die Reise?", fragt Milli.

„Ich denke doch", vermutet Gabriella. „Warum sollte er sich sonst so in die Sache hineinknien?"

„Das ist sicher eine gute Idee", findet Milli. „Gerade jetzt, wo er eben erst einen Onkel verloren hat!"

Sie schildert Gabriella kurz den tragischen Unfall, bei dem Tilman Fritzsche, Daniels Onkel, tödlich verletzt wurde. Also hat Daniel auch gerade erst einen engen Verwandten verloren. „Da haben wir ja wirklich eine Menge gemeinsam", entgegnet die junge Südamerikanerin nachdenklich.

Sie kann ihre Enttäuschung jedoch kaum verbergen, als sie bei der nächsten Besprechung begreift, dass sie sich getäuscht hat. Daniel hat nicht die Absicht, mit ihnen zu fahren. Er hat Frank lediglich ein paar Tipps gegeben.

„Ich habe eben erst mein Studium begonnen", erklärt er auf Gabriellas Rückfrage. „Ich kann jetzt doch nicht in der Welt herumreisen. Außerdem würde ich euch sicher nur stören!"

„Moment mal", Gabriella runzelt die Stirn. „Du siehst da was falsch. Frank und ich sind kein Paar. Wir sind nur gute Freunde ..."

Trotzdem bleibt Daniel bei seinem Entschluss. Er ist es seinem toten Onkel schuldig, dass er seine Zukunftspläne in Angriff nimmt. Gabriella kann seine Gründe verstehen, aber Milli merkt, dass sie sich nicht mehr so freut wie noch vor ein paar Stunden. „Kann es sein, dass du dich in erster Linie für die Reise entschieden hast, weil du gedacht hast, dass Daniel mitkommt?", erkundigt sie sich direkt.

„Moment mal", Gabriella lässt sich nicht überrumpeln. „Ich habe Daniel doch eben erst kennen gelernt. Ich weiß kaum was von ihm. Frank dagegen, der ist fast wie ein zweiter Bruder für mich …"

„Na und?" Milli kennt sich aus in Sachen Liebe. „Du hast dich auf den ersten Blick in Daniel verknallt. Das sieht ein Blinder! Am besten bleibst du hier!"

Gabriella wird rot. „Mensch, begreif doch! Ich kann Frank nicht sitzen lassen. Er braucht eine Co-Moderatorin für seine Reportagen, sonst zahlt der Radiosender die Reisekosten nicht."

„Ich begreife viel mehr, als du denkst", entgegnet Milli. „Es hilft weder Frank noch dir, wenn du dich auf eine Reise einlässt, die du im Grunde deines Herzens gar nicht willst! Überleg dir gut, was du tust!"

Gabriella weiß, dass Milli Recht hat, aber sie fühlt sich an ihr Wort gebunden, das sie Frank gegeben hat. Sie kann ihn nicht im Stich lassen. Nicht nach allem, was er für Ramon getan hat.

Milli hat keine solchen Skrupel. Sie gibt Frank einen Tipp in Sachen Gabriella und er tritt seine Reise allein an. Gabriellas Bedenken in Sachen Finanzierung hat er mit seinen Auftraggebern geklärt. Er wird sich am jeweiligen Ziel seiner Reise ein einheimisches Mädchen als Co-Moderatorin suchen und Gabriella zweifelt keinen Augenblick daran, dass er mit seinem frechen Mundwerk Erfolg haben wird. Erleichtert winkt sie ihm im Kreise der anderen nach, als er die Zollschleuse im Flughafen passiert und zu seinem großen Abenteuer aufbricht.

Die Rückfahrt vom Flughafen organisiert Milli für Gabriella und sich in Daniels Auto. Er jobbt im „no limits" als Kellner und genau da wollen die beiden Mädchen noch etwas trinken.

„Freut mich, dass wir uns in Zukunft öfter sehen, nachdem du dich entschieden hast hier zu bleiben!", sagt er locker und Gabriella wird schon wieder knallrot.

Milli hilft ihr aus der Klemme. „Gabriella waren ihre neuen Freunde und das Studium eben wichtiger als eine Weltreise!"

Das ist nicht einmal geschwindelt. Gabriella würde das „no limits" im Moment mit keinem Paradies auf Erden tauschen. Noch dazu, als sich Daniel an ihren Tisch setzt und verkündet, dass ihm sein Mittagessen in so netter Gesellschaft gleich viel besser schmeckt. Milli verpasst ihrer Freundin unter dem Tisch einen Fußtritt, damit sie endlich was sagt und nicht immer nur guckt wie ein Schaf. Gabriella zuckt zusammen und stürzt sich ein wenig hektisch in ein Gespräch über die Uni und ihr geplantes Studium.

Sie erfährt, dass Daniel Sport studiert und im „no limits" jobbt, weil er von seinen Eltern keine Unterstützung erhält. Er hat sich mit seinem Vater verkracht, weil er sich geweigert hat, eine elitäre Wirtschaftsakademie zu besuchen. Sein Onkel Tilman hat ihn dabei unterstützt.

„Und was möchtest du studieren?", dreht Daniel neugierig den Spieß um.

„Germanistik. Ich habe eben erst die Zusage auf einen Studienplatz bekommen ..."

Milli beobachtet die beiden heimlich. Daniel scheint ganz unbefangen. Merkt er denn nicht, dass Gabriella strahlt wie ein Weihnachtsbaum, wenn sie ihn ansieht? Na ja, Männer sind eben immer ein bisschen schwer von Begriff.

Gabriella tut auf jeden Fall alles, damit Daniel sie nicht übersehen kann. Obwohl sie nicht gerade üppig bei Kasse ist, kauft sie sich im „Kontur" ein teures Designer-Shirt, das auch mit dem Nachlass, den Milli für sie raushandelt, noch weit über ihre Verhältnisse geht. Als sie zahlt, rutscht ein Foto von Daniel aus ihrer Handtasche und Milli hebt viel sagend die Brauen.

„Na ja ..." Gabriella lacht verlegen. „Ehrlich gesagt, ich habe es vom Schwarzen Brett in der Uni gemopst. Daniel bietet dort Selbstverteidigungskurse an und hat seine Anzeige mit diesem Bild verziert. Ich konnte einfach nicht widerstehen! Er ist so süß!"

„Dafür, dass er dich angeblich nicht interessiert, gehst du ganz schön in die Vollen", zieht Milli sie auf. „Täusche ich mich oder lässt du den neuen Fummel gleich an, weil du unterwegs ins „no limits" bist?"

Gabriella räumt ihre Tasche hastig wieder ein und wirft Milli einen drohenden Blick zu. „Kein Wort zu Daniel, okay? Ich muss schließlich erst herausfinden, ob er mich überhaupt mag!"

„Den Eindruck hab ich schon", behauptet Milli überzeugt. Wer könnte einem Mädchen wie Gabriella schon widerstehen?

Aber weder das neue T-Shirt noch die Uni-Unterlagen, die Gabriella für Daniel besorgt hat, nützen ihr etwas. Als er im „no limits" eintrifft, wird er von einer ganzen Gruppe Mädchen aus seinem Selbstverteidigungskurs derart umschwärmt, dass er Gabriella nicht einmal sieht. Enttäuscht zahlt sie ihr Mineralwasser und deponiert die Unterlagen für Daniel bei Heino. Sie hat nicht die Absicht, sich in die Schar seiner Fans einzureihen und blöde zu kichern.

„Jemand, der sich mit fünf Weibern in der Kneipe aufspielt wie ein Hahn im Hühnerhof, kann mir gestohlen bleiben!", sagt sie bitter, als Milli wissen will, wie ihr Date mit Daniel gewesen ist. „Dabei habe ich gedacht, dass ich die Machos in Venezuela gelassen habe ..."

„Jetzt übertreibst du aber", findet Milli. „Hast du überhaupt mit Daniel geredet?"

„Nö, denkst du, ich will von ihm für eine doofe Tussi gehalten werden? Das Thema ist für mich gegessen!"

„Du würdest dich kaum dermaßen darüber ärgern, wenn das so wäre!", behauptet Milli.

Das nächste Treffen mit Daniel im „no limits" gibt ihr Recht. Gabriella kann noch so cool tun, ihr Herz klopft wie verrückt, während Daniel sie unschuldig zu einem Drink einlädt. „Als kleines Dankeschön für die Papiere, die du mir in der Uni besorgt hast!", grinst er unwiderstehlich. „Warum hast du sie mir nicht selbst gegeben?"

„Ich wollte dich mit deinen Freundinnen nicht stören", äußert sich Gabriella zurückhaltend. „Außerdem hatte ich noch was vor!"

„Du hättest mich jederzeit stören können. Das waren nur die Mädchen, die sich für den Selbstverteidigungskurs an der Uni angemeldet haben. Sie wollten ihrem Trainer einen ausgeben. Zum gegenseitigen Kennenlernen sozusagen!"

Gabriella bemüht sich, ihre Erleichterung zu verbergen. Aber Daniels Worte haben sie auf eine Idee gebracht. Es ist lange her, seit sie richtig Sport getrieben hat. Und ein Selbstverteidigungskurs kann einem Mädchen nie schaden!

Da sie die ersten beiden Kursstunden bereits versäumt hat, trainiert sie zu Hause ihre Kondition. Schließlich hat sie nicht die Absicht, sich vor Daniel und den anderen Mädchen zu blamieren. Speziell nicht vor dieser rothaarigen Zicke Natascha, die Daniel im „no limits" immer zu irgendwelchen Tennisstunden abholt und so tut, als wäre er ihr Privateigentum.

Dass ausgerechnet diese Natascha sie nach der ersten richtigen Stunde mit Daniel anspricht und bittet, ihr einen bestimmten Wurf noch einmal zu zeigen, findet sie ziemlich seltsam.

„Daniel hat uns doch ausdrücklich davor gewarnt, diese Übungen ohne ihn zu machen!", sträubt sie sich. „Es ist gefährlich!"

Aber Natascha hat angeblich Angst, sich in der nächsten Stunde vor allen zu blamieren. Gabriella gibt nach, damit sie die dämliche Tussi loswird. Erst viel später wird ihr klar, dass genau das ein Fehler war.

Natascha humpelt mit Gipsbein ins „no limits" und behauptet, Gabriella habe sie absichtlich verletzt! Nach ihrer Darstellung war es Gabriella, die sie gegen jede Vorschrift gebeten hat, den Wurf mit ihr zu wiederholen.

Verwirrt schaut Daniel zwischen den beiden wütenden Mädchen hin und her, die sich nun lautstark angiften und sich gegenseitig der Lüge bezichtigen.

„Moment mal", wendet er sich an Gabriella. „Hast du nun eine Übung mit Natascha durchgeführt oder nicht?"

Ehrlicherweise muss sie das zugeben, da hakt Natascha auch schon ein. „Sie hat die Regeln nicht befolgt, Daniel! Du musst sie aus dem Kurs werfen!"

Gabriella ist kein Mädchen, das sich eine solche Unverschämtheit schweigend gefallen lässt. Sie ärgert sich ebenso sehr über sich selbst, dass sie Natascha in die Falle gegangen ist, wie über Daniel, der offenbar nicht weiß, wie er mit dem Streit umgehen soll. Als Natascha auch noch mit dem Attest eines Universitätsarztes durch die Gegend wedelt, zuckt er bedauernd mit den Schultern.

„Tut mir Leid, Gabriella, bis die Sache geklärt ist, wäre es vielleicht wirklich besser, wenn du nicht mehr in meinen Kurs kommst!", schlägt er vor.

Gabriella starrt ihn entsetzt an. Das kann er nicht tun. Merkt er denn gar nicht, dass Natascha dieses ganze Theater nur inszeniert hat? Dass sie lügt wie gedruckt? Aber anscheinend ist er blind und taub.

„Das hätte ich nie von ihm gedacht", wundert sich Milli, als sie von den Ereignissen erfährt. „Du solltest echt noch mal mit ihm reden. Wenn du jetzt beleidigt wegbleibst, hat diese Natascha doch genau das erreicht, was sie wollte."

Gabriella muss ihr zustimmen. Um das zu verhindern wird sie sogar ihren Stolz ein bisschen hinunterschlucken und wieder in die Kneipe gehen. Doch da sitzt schon Natascha. Das Gipsbein dramatisch auf einen Hocker gelegt, gestylt wie zu einer Modenschau und auf Daniel wartend.

„Na", säuselt sie hämisch, „wieder mal auf der Suche nach einem neuen Opfer?"

„Spar dir die Komödie!", faucht Gabriella zurück. „Du kannst vielleicht Daniel täuschen, aber bei mir gelingt dir das nicht!"

„Macht nichts", lächelt Natascha. „Ich habe ohnehin erreicht, was ich wollte. Du kannst mir bei Daniel nicht mehr in die Quere kommen!"

Gabriella holt eben Luft zu einer geharnischten Erwiderung, als sie Daniel hereinkommen sieht. Im letzten Moment beherrscht sie sich. Sie wird ihm nicht noch einmal die wütende Furie vorspielen. Natascha hat ihn ebenfalls gesehen und säuselt einen lässigen Gruß, während Daniel sich auf die Tischkante stützt.

„Übrigens", sagt er beiläufig und tut so, als ob er ihr Lächeln nicht sieht. „Ich soll dir einen Gruß von deinem Tennispartner Dr. Brucker ausrichten!"

Gabriella sieht verblüfft, dass Natascha unter ihrem Make-up blass wird, als Daniel weiterspricht. „Ich hatte gleich das Gefühl, dass an deiner Verletzung etwas faul ist. Fast hätte ich mich durch das Attest täuschen lassen, aber dann ist mir eingefallen, dass du mir mal erzählst hast, Dr. Brucker sei ein langjähriger Freund eurer Familie. Es hat keinen Zweck, länger zu leugnen. Ich habe dich gesehen, wie du vorhin ohne jede Verletzung und im Sportdress vom Tennisspielen gekommen bist!"

„Na und?" Natascha hat ihren ersten Schock blitzschnell überwunden und grinst frech. „In bestimmten Situationen sind eben alle Mittel erlaubt. Viel Spaß mit deiner kleinen Selbstverteidigungs-Maus. Dir ist doch wohl klar, dass sie das ganze rührende Theater nur inszeniert hat, weil sie rettungslos in dich verliebt ist."

Gabriella schnappt nach Luft. Dieses Biest! Dieses abscheuliche, ekelhafte, unerträgliche Frauenzimmer! „Du willst doch nur von deiner eigenen Intrige ablenken!"

„Lass mal!" Daniel legt Gabriella die Hand auf den Arm und beruhigt sie damit augenblicklich. „Das Beste ist, wenn du gehst, Natascha! Du hast genug Unfrieden gestiftet und das kann ich in meinem Kurs nicht brauchen!"

Natascha wirft Gabriella einen vernichtenden Blick zu und verlässt die Kneipe. Ohne ihre Krücke und ohne zu humpeln. Gabriella würde ihr am liebsten nachstürzen und ihr jedes rot gefärbte Haar einzeln ausreißen. Wie kann ein Mensch nur so gemein sein?

„Dir ist hoffentlich klar, dass Natascha von A bis Z gelogen hat!", wendet sie sich verlegen an Daniel.

„Klar!", winkt er ab. „Du denkst doch nicht, dass ich Natascha nach dieser Geschichte noch ein einziges Wort glaube!"

Das klingt gut, aber Gabriella ist trotzdem nicht erleichtert. Eine innere Stimme sagt ihr, dass Natascha kein Typ ist, der die Segel streicht und aufgibt. Das war nur ein erster Sieg, mehr nicht.

„Ich hätte ihr von Anfang an klarmachen sollen, dass ich nie etwas mit Mädchen aus meinem Kurs an-

Was soll Gabriella tun? Daniel endlich ihre Liebe gestehen? Aber da ist noch Natascha und die gibt auch nicht so leicht auf …

fange", sagt Daniel abschließend. „Das ist unprofessionell!"

Na, bravo! Gabriella ertappt sich bei dem plötzlichen Wunsch nicht nur Natascha, sondern auch Daniel umzubringen. Wie soll das nur weitergehen?

„Das ist doch bloß so dahin gesagt", rückt Milli die Dinge wieder zurecht. „Wenn er wirklich in dich verliebt ist, wird er auf seine dummen Prinzipien pfeifen! Gib ihm Zeit, DU siehst ihn regelmäßig im Kurs und nicht Natascha. Irgendwann wird ihm schon klar werden, dass er gerne mit dir zusammen ist und dass du genau die Richtige für ihn bist!"

Gabriella würde das gerne glauben, aber ihre nicht existente Lovestory mit Daniel steht unter einem schlechten Stern. Beim nächsten Wiedersehen in der Kneipe hat einmal mehr Natascha die Nase vorn. Sie hat sich bei Daniel in aller Form für ihre Dummheit entschuldigt.

Sie schiebt den Black-out auf ihre Gefühle für Daniel und der ist sogar ein wenig geschmeichelt, dass sie ihn so toll findet. Schließlich ist sie ein attraktives Mädchen. Danach treibt Natascha die Komödie auf die Spitze und bittet auch Gabriella um Verzeihung. Nur die beiden Rivalinnen wissen, dass ihre Blicke pures Gift enthalten und kein Wort der scheinheiligen Unterhaltung freundlich gemeint ist.

Daniel sonnt sich ahnungslos in dem vermeintlichen Frieden und nimmt Nataschas Einladung zu einer Grillparty am Rhein an. Wohl oder übel sagt auch Gabriella zu. Sie wird ihn keinesfalls mit Natascha irgendwo alleine lassen!

„Ich finde es echt toll von dir, dass du dich mit Natascha wieder versöhnt hast", sagt Daniel danach bewundernd zu ihr.

„Ooch, ich bin nicht nachtragend", versucht sie cool zu tun, aber das Kompliment freut sie.

„Deswegen finde ich dich ja so nett!", fügt Daniel hinzu und küsst sie auf die Wange, ehe er geht.

Wie in Trance starrt Gabriella ihm nach. Immerhin, das war ein KUSS! Wenn auch nur auf die Wange, aber doch ... Vielleicht ist es ja eine glückliche Fügung und ihre große Chance, dass sie sich ausgerechnet heute Abend bei der Grillparty wieder sehen werden! Eine romantische Sommernacht am Rhein ...

Sie bringt Milli halb zur Verzweiflung, bis sie sich endlich für das richtige Outfit entschieden hat. Als sie am Rheinufer eintreffen, herrscht bereits jede Menge Stimmung. Aber außer Heino und Kati kennen sie keine Menschenseele. Neugierig sieht sie sich nach Daniel um. Ob er schon da ist?

„Vorhin hab ich ihn irgendwo dahinten gesehen!" Heino deutet den Fluss entlang und Gabriella macht sich sofort auf die Suche. Sie kann nicht ahnen, dass Natascha sich Daniel sofort gekrallt hat, als er auf der Party erschien. Eine laue Nacht, ein malerisches Fleckchen am Fluss und das aufreizendste Top, das es in den Düsseldorfer Boutiquen zu kaufen gab, das muss ihn doch endlich in ihre Arme treiben!

Gabriella findet die beiden genau in dem Moment, als Natascha zum Angriff übergeht und den verblüfften Daniel mitten auf den Mund küsst. Sie bleibt nicht lange genug, um zu beobachten, wie er sich von ihr befreit. Sie läuft blindlings zurück, kaum fähig, ihre Tränen vor den anderen zu verbergen. Dieser Schuft!

„Na, hast du deinen Prinzen gefunden?", erkundigt sich Heino auch noch zu allem Überfluss und grinst wie ein Weihnachtsmann.

Gabriella packt Milli am Arm. „Lass uns gehen, bitte!"

Milli ahnt, dass hinter dieser Bitte einmal mehr Zoff in Sachen Daniel steckt. Gabriella schildert seinen Verrat in den leuchtendsten Farben.

„Hast du denn gesehen, wer mit der Knutscherei angefangen hat?", wirft Milli ein. „Vielleicht hat sie sich ihm wieder mal an den Hals geworfen?"

„Das ist mir egal. Es tut nur weh, dass er ausgerechnet auf diese intrigante Schlange hereingefallen ist!"

Milli findet, dass es so nicht weitergehen kann. Woher soll Daniel denn überhaupt wissen, dass er Gabriella das Herz bricht, wenn er mit Natascha flirtet.

„Das Vernünftigste wäre, du sagst ihm endlich, dass du ihn liebst!", schlägt sie vor. „Nimm dein Herz in beide Hände und sag es ihm, dann weißt du wenigstens endlich, woran du bist!"

„Und wenn ich mich blamiere?" Gabriella schaut Milli an und gibt sich selbst die Antwort. „Du hast Recht, dieses Risiko muss ich eingehen, sonst werde ich noch verrückt!"

Dummerweise läuft sie beim ersten Versuch zu diesem wichtigen Gespräch im „no limits" einmal mehr Natascha in die Arme. Sie scheint kaum noch von Daniels Seite zu weichen. Als er für kurze Zeit in der Küche verschwindet, lässt sie keinen Zweifel daran, dass mehr zwischen ihnen war, als nur ein paar Küsse.

Gabriella ist entsetzt. Unter diesen Umständen kann sie sich ihre Liebeserklärung an Daniel sparen. Sie würde sich ja höchstens lächerlich machen.

Trotzdem kann sie nicht verhindern, dass sie Daniel und Natascha immer wieder über den Weg läuft. Sogar in der Uni-Bibliothek trifft sie auf das Paar.

„Wieso warst du gestern Abend eigentlich nicht im Selbstverteidigungskurs?", erkundigt sich Daniel ahnungslos.

„Ich ... ich hab mich mit meinem Stundenplan ein wenig übernommen", schwindelt Gabriella drauflos. „Ich werde wohl überhaupt nicht mehr kommen können ..."

„Das ist schade! Kommst du dann wenigstens zu Nataschas Party?"

Gabriella hat keine Ahnung von einer solchen Party, aber Natascha nutzt natürlich die Gelegenheit und spielt vor Daniel einmal mehr die Großzügige. „Die Party am Rhein war so toll, dass wir unbedingt wieder eine Fete feiern müssen. Heute Abend im Haus meiner Eltern, eine Pool-Party ... alle kommen ..."

Ich garantiert nicht, denkt sich Gabriella und registriert böse, dass Nataschas Hand vertraulich auf Daniels Arm liegt. Als Heino sie wenig später ebenfalls fragt, ob sie sich bei Natascha sehen, gibt sie einen wütenden Laut von sich. „Ich will das junge Glück nicht stören. Es reicht, dass ich ihnen am Rhein beim Knutschen zusehen musste ..."

„Moment mal", Heino legt die Stirn in Falten, während er hinter dem Tresen seine Gläser poliert. „Du siehst da wohl was falsch. Die beiden sind nicht zusammen. Daniel hat es mir selbst gesagt. Da läuft nichts zwischen ihnen. Und warum sollte er mich wohl anlügen?"

Eine berechtigte Frage, die Gabriella zum Grübeln bringt. Verflixt, was soll sie nur tun? Zur Pool-Party gehen? Natürlich! Allein schon, um Natascha zu ärgern!

Nataschas Eltern schwimmen offensichtlich im Geld. Der Pool, um den sich die Partygäste in Badeanzügen drängen, ist fast so groß wie ein öffentliches Schwimmbad.

„Ihr könnt ruhig reinspringen", gibt Natascha an. „Das Wasser ist überall mindestens zwei Meter tief!"

Inmitten des übermütigen Geschubses, Gespritzes und Gekreisches wehrt Gabriella panisch Daniels Versuch ab, sie ins Wasser zu werfen.

„Hey, was ist los?", erkundigt er sich verblüfft.

Gabriella sieht sich zögernd um, ehe sie Daniel ein peinliches, halblautes Geständnis macht. „Ich kann nicht schwimmen! Ich dachte, das doofe Ding hat wenigstens irgendwo eine flache Stelle!"

„Ist doch kein Problem", winkt Daniel ab. „Ich kann dir im Handumdrehen das Schwimmen beibringen. So sportlich wie du bist, schaffst du das leicht!"

Gabriella lächelt erleichtert über seine Reaktion. Daniel ist wirklich süß.

„Vielleicht ein anderes Mal ...", sagt sie eine Spur kokett und Daniel fragt sich, warum ihm bisher noch nie aufgefallen ist, wie umwerfend sie aussieht, wenn sie lächelt. Plötzlich hat auch er keine Lust mehr zu baden. Er bleibt lieber bei Gabriella auf dem Trockenen!

Natascha belauert die beiden. Es ist nicht zu übersehen, dass Daniel heute Abend mit Gabriella flirtet! Das ist doch wohl die Höhe! In ihrem eigenen Haus macht sich diese südamerikanische Tussi an Daniel heran! Der wird sie ordentlich Bescheid stoßen! Die Gelegenheit ergibt sich, während sich die Party immer mehr ins Haus verlagert. Während auch die letzten Wasserratten aus dem Pool klettern, hält Natascha ihre Rivalin zurück.

„Was bildest du dir eigentlich ein?", zischt sie böse. „Du kannst hier doch nicht meinen Freund anbaggern!"

„Das hättest du wohl gerne", lacht Gabriella spöttisch. „Ich weiß zufällig ganz genau, dass Daniel NICHT dein Freund ist!"

„Na und?" Natascha krönt ihre Worte mit einem kräftigen Schubs, der Gabriella rückwärts in den Pool befördert. „Du wirst in jedem Fall baden gehen!"

Sie wirft triumphierend den Kopf in den Nacken und läuft davon, während Gabriella prustend untergeht. Daniel vermisst sie bereits und als Natascha hereinkommt, erkundigt er sich besorgt nach ihr.

„Sie ist mit ein bisschen Nachhilfe baden gegangen", erklärt Natascha zufrieden. „Ich würde sagen, sie genießt gerade den Pool!"

Daniel sieht sie irritiert an. „Was redest du da? Gabriella kann doch überhaupt nicht schwimmen!"

Ein prüfender Blick in Nataschas Gesicht und er weiß, dass etwas Fürchterliches passiert sein muss. Er stürmt nach draußen. Gabriella zu sehen und ihre bewusstlose Gestalt aus dem Pool zu holen, scheint eine einzige Bewegung zu sein. Vorsichtig trägt er sie ins Haus und beginnt ohne Zögern mit professioneller Mund-zu-Mund-Beatmung. Nach endlosen Augenblicken beginnen ihre Lider zu flattern.

„Daniel?", flüstert sie heiser.

Gabriella kann sich an nichts erinnern. Sie findet es nur seltsam, ihn so nahe vor sich zu sehen. Ihr kommt es vor, als hätte er sie eben geküsst. Sie spürt seine Lippen noch immer auf den ihren. Völlig verwirrt murmelt sie erneut seinen Namen.

„Alles ist gut", beruhigt sie Daniel und streicht ihr die nassen Locken aus der Stirn. Erleichterung überflutet ihn in einer riesigen Welle.

Die sanfte Zärtlichkeit seiner Geste bestätigt Gabriella in ihren Vermutungen. Er hat sie geküsst. Endlich! Sie hebt den Kopf und gibt den Kuss zurück. Innig und sehr lange.

Die Partygäste brechen in erleichterten Jubel aus, denn Gabriellas Unfall hatte sie alle mächtig erschreckt. Der Beifall und das Johlen bringen Gabriella jedoch jäh zur Besinnung. Mit einem Male weiß sie wieder, was geschehen ist und was sie getan hat. O Gott, wie peinlich! Sie springt auf und stürzt taumelnd aus dem Raum. Sie kann Daniel keine Sekunde länger in die Augen sehen!

Glücklicherweise ist Kati von Sterneck mit dem Auto da und fährt Gabriella nach Hause. „Du stehst unter Schock! Immerhin bist du bei dem Unfall fast ertrunken!"

„Das war kein Unfall", stellt Gabriella richtig. „Natascha hat mich absichtlich ins Wasser geschubst!"

„Das ist ja unglaublich!", erregt sich Kati. „Das musst du unbedingt Daniel sagen!"

„Ich denke nicht daran! Nach dieser Blamage kann ich ihm doch nie wieder in die Augen sehen!"

„Was soll an einem Kuss denn peinlich sein?", wundert sich Kati verblüfft. „Und wenn du mich fragst, Daniel hat zwar überrascht gewirkt, aber unangenehm war ihm die Sache bestimmt nicht!"

„Er will nichts von mir, das weiß ich", seufzt Gabriella niedergeschlagen.

Sie versinkt in Liebeskummer und Selbstvorwürfen. Nach dem grässlichen Vorfall auf Nataschas Party hat Daniel garantiert für alle Zeiten die Nase voll von einer südamerikanischen Germanistikstudentin mit unkontrollierbarem Temperament. Er will keinen Ärger, das hat er doch immer wieder gesagt, oder?

Doch Daniel ist weder so oberflächlich noch so herzlos, wie Gabriella das in ihrem Kummer annimmt. Im Gegenteil, er will alles ganz genau wissen. Und als Natascha am nächsten Vormittag sonnig lächelnd ins „no limits" spaziert, beginnt er ohne große Vorreden sein Verhör.

„Was ist am Pool passiert? Gabriella kann nicht schwimmen, also wäre sie nie und nimmer freiwillig ins Wasser gesprungen!"

„Na ja, wir haben uns gestritten", räumt Natascha widerwillig ein. „Sie hat mich so provoziert, dass ich sie geschubst habe. Ich konnte ja nicht ahnen, dass sie nicht schwimmen kann! Das ist die Wahrheit, ehrlich!"

Daniel weiß inzwischen, dass Nataschas Wahrheiten nicht unbedingt mit der Realität übereinstimmen.

„Wenn du möchtest, dass wir weiterhin Freunde bleiben, dann lässt du Gabriella künftig in Frieden!", droht er ihr deutlich.

„Du bist ja wirklich SEHR besorgt um sie ...", entgegnet Natascha spitz.

Daniel erspart sich die Antwort. Mit diesem Mädchen zu diskutieren ist echt sinnlos!

Im Gegensatz zu ihrer Konkurrentin würde Gabriella lieber sterben, als an diesem Tag freiwillig das „no limits" aufzusuchen. Daniel muss sich schon auf den Weg zum Brandner-Haus machen, um zu erfahren, wie es ihr geht. Sie öffnet selbst die Tür, aber sie

Meint es Daniel ernst mit Gabriella? Wenn sie doch nur eine Antwort auf diese wichtige Frage wüsste ...

bringt keinen Laut heraus, als sie ihren Besucher erkennt.

„Hallo!", lacht er freundlich. „Willst du mich nicht herein bitten?"

Gabriella tritt einen Schritt zurück und versenkt sich in die Betrachtung des Fußbodens. Er hat ihr immerhin das Leben gerettet, also sollte sie sich zumindest bei ihm dafür bedanken. Außerdem sollte sie sich für den blöden Kuss entschuldigen und mit einem coolen Spruch dafür sorgen, dass er beides schnellstens vergisst.

„Ich wollte ... ich meine, es tut mir Leid ...", beginnt sie und verirrt sich zwischen Silben und Worten.

„Du musst nichts erklären", sagt Daniel sanft.

Er findet Gabriella einfach zum Verlieben, wenn sie so kleinlaut ist. So richtig zum Küssen. Und das tut er auch, ohne große Worte. Leidenschaftlich, damit sie sich nur noch an ihm festklammern kann. Danach weiß Gabriella erst recht nicht mehr, was sie sagen soll.

Aber auch Daniel ist ein bisschen wortkarg. Seine Gefühle sind mit ihm durchgegangen. „Ich konnte nicht anders. Jetzt, wo mir endlich klar ist, was ich für dich empfinde ..."

Gabriella blinzelt verwirrt. „Für mich? Und was ist mit Natascha?", fragt sie heiser.

„Natascha ..." Daniel verdreht die Augen. Natascha ist eine lästige Klette, die er dringend loswerden muss. Er nimmt Gabriellas Kopf zwischen beide Handflächen und sucht ihren Blick. „Zwischen Natascha und mir gibt, gab und wird es nie etwas Ernsthaftes geben! Du bist das Mädchen, das ich liebe!"

Von diesen Worten hat Gabriella immer geträumt! Sie kann ihr Glück gar nicht fassen. Sie schwebt auf einer watteweichen, rosaroten Wolke durch die nächsten Stunden bis zum Wiedersehen mit Daniel. Sie haben sich im „no limits" verabredet, aber dummerweise lungert auch Natascha schon wieder dort herum. Sie wirft schnell einen kritischen Blick auf Gabriellas Outfit und ahnt, dass die sich für ein Date mit Daniel so hübsch gemacht hat.

„Hast du dir die Sache mit Daniel auch wirklich gut überlegt?", erkundigt sie sich scheinheilig. „Der Typ ist ein ziemlicher Aufreißer, der nur darauf scharf ist, jedes Mädchen in die Kiste zu bekommen. Was glaubst du, warum er mich wie eine heiße Kartoffel fallen lässt? Weil ich solche Spielchen nicht mitmache!"

Gabriella glaubt ihr zwar kein Wort, aber eine Spur von Nataschas Gift ist doch unter ihre Haut gedrungen. Ihre Begrüßung für Daniel fällt sparsam aus und sie schüchtert ihn durch ihre betonte Zurückhaltung so ein, dass er sie zum Abschied nur auf die Wange küsst, als er sie nach Hause bringt.

„Das eine weiß ich, heute Nacht werde ich garantiert von dir träumen!", verspricht er verliebt und macht nicht den kleinsten Versuch sie „aufzureißen", wie Natascha es vorher behauptet hat.

Gabriella ärgert sich über ihre eigene Dummheit. Natürlich hat die blöde Person albernes Zeug erzählt! Wann wird sie endlich lernen, diese Schlange zu ignorieren?

Tatsache ist jedoch, dass Daniel jede Menge Erfahrung mit Mädchen haben muss. In seiner Bude hängen unzählige Schnappschüsse von seinen sportlichen Aktivitäten, von der Uni und von der Schule. Alle Bilder gleichen sich: Da steht ein lachender Daniel, umringt von einem Pulk, der zum größten Teil aus Mädchen besteht.

„Hast du Angst, dass er es nicht ernst mit dir meint?", forscht Kati, mit der sie sich seit der Heimfahrt von der Pool-Party angefreundet hat.

„Quatsch!", winkt Gabriella ab. „Aber vielleicht bin ich ihm zu … zu unerfahren."

Kati kann sich denken, was sie meint. „Willst du etwa behaupten, dass du noch Jungfrau bist?", staunt sie.

Gabriella nickt scheu. „Ich bin in Südamerika in seiner sehr strengen katholischen Familie aufgewachsen. Mein Vater hätte mir nicht einmal erlaubt, dass ich mit einem Jungen ausgehe. Vielleicht wollte ich deswegen auch unbedingt von zu Hause fort und im Ausland studieren …"

Kati nickt verständnisvoll. „Aber du wirst doch nicht bis zu deiner Hochzeit Jungfrau bleiben wollen, oder?"

„Natürlich nicht!" Gabriella wird rot. „Aber ich will auch nichts überstürzen, weißt du. Das erste Mal ist schließlich etwas ganz Besonderes ..."

„Du bist dir also nicht ganz sicher, ob Daniel ..."

„Aber natürlich!", behauptet Gabriella. „Das schon. Ich habe noch nie so viel für einen Jungen empfunden! Eigentlich verstehe ich selbst nicht ganz, weshalb ich so viel Schiss vor dem ersten Mal habe ..."

Tatsache ist jedoch, dass sie am liebsten jede freie Minute mit Daniel verbringen möchte, aber nur in „ungefährlicher" Umgebung. Zusammen mit Kati und Heino bei einem Popkonzert vielleicht?

Daniel findet Gabriellas Einladung ganz süß. Doch in Anbetracht der Tatsache, dass sie am nächsten Morgen zu einer Studienfahrt nach Weimar aufbricht, hat er einen anderen Vorschlag, als er sie bei den Brandners abholt. „Was hältst du davon, wenn wir das Konzert sausen lassen und hier bleiben? Ich würde heute Nacht zu gern mal ganz allein mir dir sein!"

Gabriella bekommt riesengroße Augen. Total überrumpelt sucht sie hektisch nach einer Ausrede. „Wir können Kati und Heino doch nicht einfach sitzen lassen, wenn wir uns verabredet haben", sagt sie schwach.

„Hey, die beiden wissen, dass du morgen fortfährst. Sie haben sicher Verständnis dafür, dass wir gerne allein sein wollen!"

„Da, wo ich herkomme, hält man Verabredungen ein", behauptet sie strikt und als sie Daniels enttäuschten Blick sieht, fügt sie versöhnlich hinzu. „Und außerdem ist der Abend nach dem Konzert ja noch nicht zu Ende ..."

Für Daniel klingt das nach einem Versprechen. Mit diesem Kompromiss kann er leben und seine gute Laune kehrt schlagartig zurück. Als sich Gabriella am Ende des Abends jedoch mit Kati absetzt – angeblich um sich noch irgendwelche Klamotten für ihre Studienreise zu leihen –, kommt er ins Grübeln und vertraut sich Heino an.

„Irgendwie werde ich nicht schlau aus ihr", gibt er zu. „Sie behauptet, dass sie mich liebt, aber wenn ich ihr zu nahe komme, dann weicht sie mir aus! Meinst du, ich habe sie zu schnell mit meinen Gefühlen überrumpelt?"

Heino erinnert sich nur zu gut an seine eigenen Probleme mit Kati. „Ich vermute, sie ist durch die Sache mit Natascha ziemlich verunsichert", erklärt er Daniel. „Gib ihr Zeit. Sie will sicher gehen, ob deine Gefühle für sie echt sind, ehe sie sich auf etwas einlässt!"

Daniel nickt erleichtert. Wenn Heino die Sache ebenfalls so sieht, dann macht er sich vielleicht ganz umsonst Sorgen. Gabriella hat ihn mit ihren Märchenaugen und ihrem Temperament ganz schön verhext. Er möchte sie um keinen Preis verletzen oder gar verlieren.

Währenddessen schlägt sich Gabriella mit ihrem schlechten Gewissen herum. Sie wollte Daniel doch nicht vor den Kopf stoßen!

„Du machst dich ganz umsonst verrückt!", versucht Milli sie zur Vernunft zu bringen. „Wenn Daniel dich wirklich liebt, dann ist es doch kein Fehler, dass du noch Jungfrau bist!"

Gabriella nickt, aber im Geheimen denkt sie, dass ihre Freundinnen keine Ahnung von ihrem Dilemma haben. Sie haben diesen ersten Schritt zum Frausein längst hinter sich und müssen nicht mehr fürchten, sich als kleines Mädchen zu blamieren. Trotzdem kann sie nicht einfach verreisen, ohne sich von Daniel zu verabschieden. Dummerweise trifft sie im „no limits" nur Heino.

„Daniel ist vor einer Stunde fort und hat nicht gesagt, wann er zurückkommt!"

„Schade!", seufzt Gabriella traurig. „Kannst du ihm ausrichten, dass mir der Blitzaufbruch von gestern Abend Leid tut? Und gibst du ihm bitte dieses Päckchen? Sag ihm, dass ich ihn sehr gerne habe und …"

„Warum sagst du mir das nicht lieber selbst?", erkundigt sich da eine vertraute Stimme in ihrem Rücken und sie fährt mit einem leisen Aufschrei herum. „Daniel!"

„Gut, dass ich dich noch erwische!", lässt er sie erst gar nicht zu Wort kommen. „Ich habe ein Geschenk für dich! Ich dachte, du solltest wenigstens eine Erinnerung an den schönen Abend gestern mit auf die Reise nehmen …"

„Oh …" Gabriella starrt auf die CD der Band, die sie gemeinsam auf dem Konzert bejubelt hatten. Sie muss unwillkürlich lachen, denn in dem Päckchen für Daniel ist genau dieselbe Scheibe.

Von draußen dringt ungeduldiges Hupen in die Kneipe. „O verflixt, die anderen warten auf mich. Ich muss los …"

Daniel nimmt sie zärtlich in den Arm und der Abschied fällt noch viel schwerer, als Gabriella es befürchtet hatte. Hoffentlich vergisst er sie nicht, bis sie wieder zu Hause ist!

Zum Glück macht sie sich umsonst Sorgen. Mit einer roten Rose in der Hand und jeder Menge Sehnsucht im Herzen pickt sie Daniel wenige Tage später an der Bushaltestelle auf. Er bringt sie nach Hause, fragt sie über die Tage in Weimar aus und verabschiedet sich, als er merkt, dass sie müde ist und die Augen kaum noch aufhalten kann.

„Wir sehen uns morgen im „no limits", okay?"

Gabriella sieht ihm von der Tür aus nach, bis sein Wagen um die Ecke verschwunden ist. Es gibt keinen Jungen auf der ganzen Welt, der so süß und verständnisvoll wie Daniel ist, das steht fest!

Ärgerlicherweise ist Natascha derselben Meinung. Immer wieder taucht sie in der gemeinsamen Lieblingskneipe auf und macht Daniel an. Diesmal will sie mit ihm Tennis spielen und lässt einfach nicht locker. Mit Gabriella geht ihr Temperament durch, obwohl sie sich geschworen hat, die intrigante Zicke in Zukunft wie Luft zu behandeln.

„Ich finde es ganz schön dreist von dir hier aufzutauchen, nach allem, was du dir geleistet hast!", faucht sie ihre Rivalin an. „Lass bloß die Finger von meinem Freund, sonst lernst du mich kennen!"

„Dein Freund? Dass ich nicht lache", spottet Natascha. „So ein kleines Mädchen wie du kann Daniel ohnehin nicht lange halten."

Während Gabriella noch wütend nach einer passenden Antwort sucht, rauscht sie wie ein Filmstar aus der Kneipe. Daniel hat zwar den Streit nicht mitbekommen, aber Nataschas Abgang sagt ihm alles. „Was war denn los? Habt ihr euch wieder gestritten?"

Gabriella erspart ihm die Einzelheiten, aber er spürt, dass sie sich einmal mehr wie eine Auster in ihre Schale zurückgezogen hat.

„Vergiss Natascha!", rät er ihr. „Ich hab echt nichts am Hut mit ihr!"

Aber Nataschas Pfeile sind stets vergiftet. Gabriella gerät ins Grübeln. Wenn sie Daniel weiterhin auf Abstand hält, hält er sie garantiert irgendwann für verklemmt oder prüde. Dabei sehnt sie sich mindestens so sehr nach ihm, wie er sich nach ihr!

Schluss mit dem Unsinn! Gabriella nimmt die Planung für die Nacht der Nächte in Angriff. Daniel wohnt in der Pension über dem „no limits" und mit Katis und Heinos Hilfe ist es ihr ein Leichtes, seinen Zimmerschlüssel zu organisieren und die romantische Kulisse zu schaffen, die ihr für dieses Ereignis vorschwebt.

Brennende Kerzen, Blumen, kalt gestellter Sekt und ein einladend dekoriertes Bett stehen schon bereit. Jetzt wartet sie bloß noch auf Heinos versprochenes Signal, das ihr verraten soll, dass Daniel im Anmarsch ist. Als das Telefon endlich klingelt, wird sie blass vor Nervosität. Lieber Himmel, hoffentlich macht sie auch alles richtig!

Gabriella hat Daniel auf ihrer Studienfahrt schrecklich vermisst. Er ist einfach unheimlich lieb.

„Wow, womit habe ich denn diese Überraschung verdient?", staunt Daniel und schließt Gabriella freudestrahlend in die Arme.

„Weil du so lieb und so verständnisvoll bist! Und überhaupt, weil ich dich liebe!", wispert Gabriella halb verlegen, halb aufgeregt.

Ihre Lippen treffen sich zu einem heftigen Kuss und das Zimmer dreht sich vor Gabriellas Augen. Die vielen Kerzenflammen sind wie kleine Sterne und der Duft der Blumen erinnert an einen blühenden Garten. Arm in Arm sinken sie auf die seidig weiche Bettdecke und Daniels Hände tasten sich zu den Knöpfen ihrer Bluse vor. Einer nach dem anderen springt auf und mit jedem einzelnen gerät Gabriella mehr in Panik.

„Was ist?" Daniel spürt sofort, dass etwas nicht stimmt. „Willst du nicht?"

„Doch, schon", wispert sie, „aber ich muss dir zuerst etwas sagen, bevor ... Also ..." Sie gibt sich einen Ruck und bemüht sich um eine halbwegs feste Stimme. „Es ist nur so ... ich bin noch Jungfrau!"

Sie sieht seine Verblüffung in Daniels Augen und findet ihre schlimmsten Ängste bestätigt. „Ist das etwa nicht in Ordnung für dich?"

„Doch, natürlich ... keine Frage, aber ... also, irgendwie hab ich nicht mit so was gerechnet", platzt Daniel mit seiner Überraschung heraus. „Bist du dir denn sicher, dass du unter diesen Umständen tatsächlich mit mir schlafen willst?"

Daniel fällt aus allen Wolken. Dass er Gabriellas erster Mann sein soll, hat er nicht gewusst!

Gabriella weiß nicht genau, wie sie sich seine Reaktion auf ihr Geständnis vorgestellt hat. Aber dieser Satz ist garantiert der Falsche. Sie rappelt sich vom Bett hoch und beginnt mit fliegenden Fingern ihre Bluse wieder zuzuknöpfen. Die Wärme der vielen Kerzen und der Blumenduft verursachen ihr mit einem Mal Kopfschmerzen.

„Klar war ich mir sicher, dass ich mit dir schlafen will!", sagt sie mit einem Rest von Trotz. Hält er sie für eine dumme Gans, die nicht einmal in der Liebe weiß, was sie will? „Aber es ist genauso okay, wenn du jetzt nicht mehr willst!"

Es ist natürlich nicht okay, aber das kann sie nicht aussprechen. Das ist zu peinlich, zu beschämend, zu entsetzlich, zu demütigend. Sie rennt aus Daniels Zimmer und merkt nicht einmal, dass sie ihre Jacke vergisst. Sie will nur fort!

Daniel ist völlig durcheinander. Obwohl er ein paar Erfahrungen mit Mädchen hat, kommt er sich bei Gabriella einfach wie der letzte Anfänger vor. In seiner Ratlosigkeit sucht er das Gespräch mit Heino, der sich alles nachdenklich anhört und sofort den Finger auf den wundesten Punkt legt. „Hast du nicht tatsächlich ein Problem damit, dass du bei Gabriella der Erste bist?"

„Nein! Das heißt, ja ... aber nicht so wie du denkst! Ich war noch nie mit einer Jungfrau zusammen. Da hat man doch eine ganz andere Verantwortung, weil es für ein Mädchen etwas ganz Besonderes ist ..."

Als Daniel nicht weiterspricht, bohrt Heino vorsichtig nach. „Du meinst also, du bist nicht so wahnsinnig in sie verliebt, dass du diese Verantwortung übernehmen möchtest?"

„Quatsch! Ganz anders! Wenn ich das gewusst hätte, wäre ich doch ... Ich meine, ich hätte noch liebevoller und langsamer sein müssen. Vorsichtiger ..."

„Wenn du mich fragst, hat Gabriella das ganz anders verstanden. Vermutlich glaubt sie jetzt, dass du sie nicht willst und ist tief verletzt! Wenn dir was an ihr liegt, solltest du das schnellstens in Ordnung bringen."

Daniel macht sich gleich am nächsten Morgen auf den Weg. Gabriellas vergessene Jacke liefert ihm einen guten Vorwand dafür.

„Du hast da gestern Abend etwas missverstanden!", stürzt er sich in seine Erklärung. „Meine Verblüffung hatte nichts mit meinen Gefühlen für dich zu tun! Es ist nur so ... ehrlich gesagt habe ich mit Jungfrauen so viel Erfahrung wie du mit Männern. Nämlich null!"

Gabriella bezweifelt im Geheimen, dass ein Junge sich ebenso ratlos und schüchtern fühlen kann wie ein Mädchen, aber sie ist überglücklich, dass Daniel ihr wenigstens nicht böse ist und sie immer noch liebt. Sie schmiegt sich erleichtert in seine Arme.

„Ich verspreche dir auch, dass ich ganz vorsichtig sein werde!", hört sie Daniel flüstern und erstarrt.

„Heißt das, du willst JETZT mit mir...?" Ihr fehlen die Worte.

„Warum nicht?", lächelt Daniel. „Ich habe garantiert keine Bedenken!"

Wie üblich reagiert Gabriella ohne vorher nachzudenken. „Du hast aber auch schon gar nichts verstanden!", wirft sie ihm gekränkt vor. „Für mich ist das nicht einfach eine Sache, die ich hinter mich bringen möchte, damit wir beide diese Erfahrung abhaken können. Am besten gehst du jetzt!"

Daniel begreift die Welt nicht mehr. Was hat er denn jetzt schon wieder falsch gemacht? Zum Kuckuck mit den Mädchen!

Kati wird zu Gabriellas bester Freundin. Sie rät ihr, Daniel noch eine Chance zu geben.

Gabriella bereut ihren Temperamentsausbruch, sobald sie sich wieder beruhigt hat. Sie holt sich bei ihren Freundinnen Rat und Kati hat den besten Tipp auf Lager. Sie soll Daniel einen Brief schreiben und ihm ihre Gefühle und Gedanken schildern. Auf diese Weise kann sie ihr aufbrausendes Gemüt zügeln und Daniel hat Zeit, über seine Antworten genau nachzudenken.

Daniel ist nicht da, als sie den Brief ins „no limits" bringt, aber Heino verspricht, den Postboten zu spielen. Keiner von ihnen bemerkt, dass Natascha das Gespräch belauscht und gesehen hat, wo Heino den

Brief deponiert. Als Heino mit dem Tablett unterwegs ist, schnappt sie sich den Brief und verschwindet auf die Toilette, um ihn dort in aller Ruhe zu lesen.

Daniel fällt ein Stein vom Herzen, als Heino ihm den Brief überreicht. Er reißt ihn sofort auf und überfliegt die ersten Zeilen. Je länger er liest, desto düsterer wird sein Gesicht.

Heino hält es nicht mehr aus vor Neugier. „Na, was schreibt sie?"

„Das glaubst du nicht!", murmelt Daniel fassungslos. „Gabriella hat mit mir Schluss gemacht!"

„Das kann nicht sein!", rutscht es Heino heraus.

Daniel kann es nicht fassen und Heino staunt: Gabriella hat Schluss mit ihm gemacht!

„Und was ist das?" Daniel sucht eine Passage und liest laut vor. „Du bist ein Feigling, der nicht den Mut hat, mein erster Mann zu sein … Und dann hier: Ich habe mich in dir getäuscht, du bist oberflächlich und rücksichtslos. Ich sehe keinen Sinn in unserer Beziehung – falls es überhaupt jemals eine war. Und belästigen soll ich sie natürlich auch nicht mehr. Na, das kann sie haben. Mit der Frau rede im Leben kein Wort mehr, da kannst du Gift drauf nehmen!"

Keiner der beiden sieht, dass Natascha im Hintergrund an einem Stehtisch lehnt und höchst befriedigt dreinschaut. Ihre Rechnung ist aufgegangen. Sie hat angenommen, dass sich die beiden noch nicht lange genug kennen, dass Daniel Gabriellas Schrift erkennen kann. Es war ganz einfach, den Brief zu fälschen und Heino hat die Manipulation nicht einmal bemerkt.

„Addios, Gabriella Santos! Damit bist du aus dem Rennen!", triumphiert sie innerlich.

Dann macht sie sich geschickt an den wütenden Daniel heran, dessen Selbstbewusstsein durch Gabriellas vermeintliche Abfuhr einen bösen Knacks bekommen hat. Halb geschmeichelt und halb amüsiert lässt er sich am nächsten Tag von ihr zum Frühstück einladen.

Gabriella, die kurz darauf zu der Unterredung erscheint, die sie Daniel in ihrem Originalbrief vorgeschlagen hat, findet die beiden bestens gelaunt an ei-

Gabriella traut ihren Augen nicht: Daniel lehnt ihr Versöhnungsangebot ab und flirtet trotzig mit dieser blöden Natascha!

nem Tisch. Soviel zu ihrem Versöhnungsvorschlag! Sie macht auf dem Absatz kehrt und rennt aus der Kneipe. Noch nie hat sie ein Mensch so verletzt wie Daniel! Soll er doch mit dieser rothaarigen Gewitterziege glücklich werden – oder noch besser, so schrecklich unglücklich, wie er es für diesen gemeinen Verrat verdient!

„Ich verstehe ihn wirklich nicht", weint sie sich bei Kati in Friedenau aus. „Ich schreibe ihm einen Brief, in dem ich ihm all meine Gefühle offenbare und was tut der Typ? Er macht mit dieser blöden Natascha rum. Vermutlich macht er sich hinter meinem Rücken mit ihr über mich lustig!"

Kati weiß nicht, was sie dazu sagen soll. Die Beweise gegen Daniel sind erdrückend. Sie legt Gabriella stumm den Arm um die Schultern.

„Ehrlich, ich hab mich noch nie in einem Menschen so getäuscht wie in Daniel!", schluchzt Gabriella. „Ein Glück, dass ich wenigstens nicht mit ihm geschlafen habe!"

„Trotzdem machst du dich mit diesen ganzen Vermutungen nur verrückt", wendet Kati vorsichtig ein. „Du wirst die Sache mit Daniel erst abschließen können, wenn du dich mit ihm ausgesprochen hast. Es könnte ja auch ein Missverständnis sein. In Sachen Natascha hast du von Anfang an überreagiert!"

Da Gabriella stets ehrlich mit sich selbst ist, kann sie das nicht leugnen. Daniel ist lieb, aber Natascha ist er nicht gewachsen. Kann es sein, dass sie auch dieses Mal ihre Finger im Spiel hat?

Sie kann nicht wissen, dass sich Daniel währenddessen immer tiefer in Nataschas Fallstricken verfängt. Als sie sich in der Kneipe das T-Shirt mit Cola bekleckert, erscheint es ihm einfach eine Sache der Höflichkeit, ihr ein T-Shirt aus seinen eigenen Vorräten anzubieten. So kann sie schließlich nicht in der Stadt herumlaufen!

Natascha nützt die günstige Gelegenheit, um den frustrierten Daniel vollends zu erobern. Beim T-Shirt-

Tausch landet sie plötzlich mit nacktem Oberkörper in seinen Armen. Natürlich denkt er an Gabriella, aber Gabriella hat ihm schließlich diesen verletzenden Brief geschrieben. Er ist ihr nichts mehr schuldig und schon gar keine Treue ... Warum sollte er also nicht die Gelegenheit nutzen, die sich ihm so unverfroren anbietet?

Die Ernüchterung folgt unmittelbar nach dem schnellen, leidenschaftlichen Sex. Mit einem Mal begreift Daniel nicht mehr, wie er so etwas überhaupt tun konnte.

„Versteh mich richtig,", versucht er Natascha die Sache möglichst schonend beizubringen. „Das wird nicht wieder vorkommen! Ich fand es schön, aber für uns beide gibt es echt keine Zukunft!"

„Bist du verrückt? Warum hast du dann mit mir geschlafen?", faucht Natascha.

„Wir wollten es beide!", erinnert Daniel nüchtern. „Und jetzt ... Es tut mir Leid, ich muss fort. Ich habe ein Uni-Seminar!"

„Ich könnte auf dich warten ...", schlägt Natascha hoffnungsvoll vor.

„Das lohnt sich nicht. Ich komme erst spät zurück!" Daniel will auf jeden Fall verhindern, dass sich Natascha bei ihm einnistet. Er bereut schon jetzt, dass er sich mit ihr eingelassen hat. „Sorry, aber ich muss ..."

Die Tür klappt und Natascha bleibt allein zurück. Sie ist so wütend, dass sie am liebsten irgendwelche

Gegenstände an die Wand werfen würde. Sie will kreischen, toben, sich rächen. Das passende Opfer findet sie wenig später in Gabriella! Natascha kommt gerade frisch geduscht und nur mit einem knappen Handtuch bekleidet von der Etagendusche in Daniels Bude zurück, als Gabriella Santos vor ihr steht. Eine Gabriella, die völlig fassungslos einen Damenslip anstarrt, der auf Daniels Klamotten liegt.

„Das ist meiner!", säuselt Natascha schadenfroh. „Was schaust du so? Wir haben miteinander geschlafen! Ein Vergnügen, das du ja wohl mit Daniel noch nicht hattest!" Aus Gabriellas Brief weiß sie natürlich über alle Einzelheiten der schwierigen Beziehung Bescheid.

„Das kann nicht sein!", stammelt Gabriella entgeistert.

„Tja, nicht alle Mädchen sind so zickig wie du!", klärt Natascha sie auf und sieht ihrer Rivalin befriedigt nach, als die wortlos davonstürmt.

Gabriella muss den Tatsachen ins Auge blicken. Daniel hat nicht viel Zeit verloren, um sich zu trösten. Wie konnte sie sich nur so schrecklich in ihm irren? Dieses Rätsel beschäftigt sie dermaßen, dass sie sogar Heino fragt, ob er sich das erklären kann. Kann er zwar nicht, aber er erinnert sich natürlich an das Gespräch mit Gabriella, als Daniel ihm kurz darauf sein Herz ausschüttet. Daniel weiß, dass er Mist gebaut hat, als er mit Natascha geschlafen hat, aber es war einfach seine ganz persönliche Reaktion auf Gabriellas knallharten Abschiedsbrief.

„Hat sie dir eigentlich vorher mal 'nen Liebesbrief geschrieben?", forscht Heino.

„Nie! Nur kurze Karten von ihrer Studienfahrt", seufzt Daniel melancholisch.

„Mir hat sie von einem Brief erzählt, in dem sie dir all ihre Gefühle gestanden hat. In dem sie dich außerdem um eine Unterredung gebeten hat, zu der du nicht erschienen bist."

„Da passt doch was nicht zusammen ...", murmelt Daniel und versinkt in düsteres Brüten. Dann bricht er so unvermittelt seine Schicht im „no limits" ab, dass Heino zu diesem Tausch nicht einmal mehr nein sagen kann. Aber Gabriella ist nicht bereit, auch nur einen vernünftigen Satz mit Daniel zu wechseln. Sie lässt ihn einfach stehen, als er bei den Brandners auftaucht. Es bleibt Kati überlassen, das Puzzle zusammenzusetzen und ihre Freundin mit dem fertigen Ergebnis zu konfrontieren.

„Du hast den Brief doch im „no limits" für Daniel hinterlegt, oder? Dort treibt Natascha sich pausenlos herum, also könnte sie diesen Brief mit Leichtigkeit ausgetauscht und gefälscht haben!"

„Quatsch! Daniel kennt meine Schrift! Ich habe ihm schließlich Karten geschrieben und eine Widmung auf die CD-Hülle!"

„Denkst du, Daniel hat bei DEM Inhalt auf die

Handschrift geachtet? Außerdem hatte Natascha mit deinem Brief eine gute Vorlage ..."

Das klingt logisch. Auch Daniel ist zu diesem Schluss gekommen. Als Natascha ihn auf seiner Bude besucht, sagt er ihr auf den Kopf zu, dass sie Gabriellas Brief gefälscht hat. Natascha versucht sich herauszureden, aber er winkt ab.

„Das Beste ist, du verschonst mich mit deinen Ausreden und verschwindest!", fordert er knapp und deutet viel sagend auf die Tür.

Natascha lässt nicht locker. Sie lauert Daniel in der Kneipe auf und spielt die Zerknirschte, die so rasend

Gabriella weiß nicht, was sie glauben soll. War die Sache mit Natascha wirklich nur ein „Ausrutscher"?

in ihn verliebt ist, dass sie eben manchmal Dinge tut, die voll daneben liegen. Daniel würde sie am liebsten gewaltsam aus dem „no limits" werfen, aber ehe er tatsächlich handgreiflich wird, kommt Gabriella herein. Sie zögert beim Anblick des Paares, aber dann merkt sie, dass sich die beiden zoffen und tritt neugierig näher. Daniel ergreift seine Chance und lässt Natascha einfach auflaufen. Sie ist ab sofort Luft für ihn. Er will nur von Gabriella wissen, ob sie jetzt das Gespräch führen können, um das er sie gebeten hat.

Gabriella hört sich seine Erklärungen, Entschuldigungen und Begründungen schweigend an.

„Ich habe immer nur dich geliebt!", versichert Daniel. „Glaub mir doch!"

„Ich kann einfach nicht mehr mit dir zusammen sein, nachdem du mit Natascha geschlafen hast!", antwortet Gabriella verzweifelt. „Wie soll ich dir vertrauen, wenn ich immer Angst haben muss, dass du bei jeder kleinen Auseinandersetzung mit einem anderen Mädchen ins Bett steigst?"

Daniel schnappt nach Luft. Wie soll er diesen Vorwurf entkräften? Er ist dermaßen geschockt, dass er weder Gabriellas tränenfeuchte Augen bemerkt, noch auf ihren leisen Abschiedsgruß antwortet. Er starrt ihr nach, während er sich im Stillen mit den übelsten Flüchen belegt, die ihm einfallen. Sie hat ja Recht! Er ist ein Idiot. Ein Trottel. Schlimmeres.

Die nächsten Tage sind sowohl für Daniel wie auch für Gabriella die Hölle. Jeder sehnt sich nach dem anderen, aber jeder ist davon überzeugt, dass es ohnehin sinnlos ist. Jeder würde den anderen am liebsten vergessen, aber keinem von beiden ist es möglich. Ihr Liebeskummer ist kaum noch mit anzusehen und ihre Freunde sind sich darin einig, dass etwas geschehen muss! Vielleicht ist der Brunch bei Ulli und Milli eine gute Gelegenheit zur Versöhnung?

Aber die Hoffnungen scheinen sich nicht zu erfüllen. Schmusesongs, günstige Gelegenheiten und schummriges Licht veranlassen Gabriella lediglich zur Flucht ins Badezimmer. Daniel versteht nur zu gut, warum sie den Anblick der anderen, glücklichen Paare nicht ertragen kann.

„Du brauchst mir nichts vorzumachen", sagt er sanft. „Ich weiß, was du fühlst. Mir geht es genauso! Ich liebe dich und ich kann nicht glauben, dass wir keine Chance mehr haben sollen! Aber ich werde dich nicht bedrängen, lieber gehe ich …"

Gabriella hält ihn nicht auf, aber man sieht ihr an, dass sie geweint hat, als sie zur Party zurückkehrt. So kann es doch einfach nicht weitergehen mit diesen beiden Dickköpfen!

„Es ist schrecklich, wenn zwei Menschen, die sich mögen, nicht zueinander finden können!", fasst Milli die traurige Lage zusammen. Es muss etwas passieren!

Das Abschiedsfest für das „Kontur" ist die nächste günstige Gelegenheit dafür. Ulli und Steffi haben ihre Probleme in der Geschäftsführung nämlich so gelöst, dass sie den Laden verkaufen und den Gewinn teilen. Gabriella zögert, als Milli sie einlädt. „Eigentlich möchte ich Daniel nicht begegnen. Ich habe keine Ahnung, wie ich mich ihm gegenüber verhalten soll."

„Ihr habt den gleichen Freundeskreis! Ihr werdet zumindest damit leben müssen, dass ihr euch hin und wieder begegnet", stellt Milli trocken fest.

Gabriella sieht das ein, aber ihr ist dennoch nicht wohl bei dem Gedanken, Daniel zu begegnen und am Ende siegt ihre Scheu. Sie macht vor dem „Kontur" kehrt und geht ins „no limits", in der Meinung, dass sie Daniel dort am allerwenigsten begegnet, weil er ja sicher mit seinen Freunden feiert.

Nina hat an diesem Abend die Schicht hinter dem Tresen übernommen. Sie versucht Gabriella ein wenig zur Vernunft zu bringen. „So, wie ich das sehe, liebst du Daniel immer noch. Wenn das so ist, musst du ihm auch endlich vertrauen und ihm deine Liebe zeigen!"

Wie aufs Stichwort kommt in diesem Moment Daniel ins „no limits" geschlendert. Er hat die Party ebenfalls geschwänzt, weil er Gabriella nicht belästigen wollte. Für ihn sah es so aus, als planten die anderen über ihren Kopf hinweg eine Versöhnungsfeier und das hatte er ihr ersparen wollen. Ein bisschen verlegen sehen sich die beiden an, als sie sich bei einem Lachen ertappen. Es ist schon komisch, dass genau das eingetroffen ist, was sie um jeden Preis verhindern wollten. Schicksal?

„Darf ich dich auf ein Glas einladen, wenn du schon meinetwegen das Abendessen im „Kontur" verpasst hast?", hört sich Gabriella zu ihrer eigenen Verblüffung vorschlagen.

Daniel nickt, weil er in diesem Moment nicht einmal „ja" sagen möchte, aus lauter Angst, dass es wieder das Falsche ist. Doch dann ist plötzlich alles ganz einfach. Gabriella erzählt von Venezuela, Daniel von seinen Geschwistern und irgendwann wird das Gespräch persönlicher und ehrlicher.

„Es wäre vielleicht alles ganz anders gekommen, wenn ich mich an dem Abend nach dem Konzert nicht so prüde angestellt hätte", vermutet sie leise.

„Warum denn?", wirft Daniel ein. „Du hattest ja Recht. Du hast mich noch nicht gut genug gekannt, um mir vertrauen zu können und in meiner Blödheit habe ich deine Zweifel noch vergrößert. Ehrlich, ich könnte mich pausenlos ohrfeigen!"

Der Gedanke an einen Daniel, der sich selbst auf diese Weise bestraft, entlockt Gabriella das spitzbübische Lächeln, das sein Herz jedes Mal aus dem Takt bringt. Er kann seine Gefühle nicht länger für sich behalten. „Weißt du, dass ich dich noch immer liebe? Ich habe solche Sehnsucht nach dir! Ich werde auf dich warten…"

Wie verzaubert von seinen Worten beugt sich Gabriella vor und küsst ihn. Der Kuss soll eigentlich nur ein kleines Dankeschön für sein Verständnis und seine Geduld sein. Aber dann wird aus heiterem Himmel mehr daraus. Sehr viel mehr!

Daniel ist überglücklich und Gabriella im Geheimen trotz allem von Zweifeln zerrissen. Milli ist die Einzige, der sie sich in dieser Lage anvertrauen kann, aber sogar Milli findet, dass sie maßlos übertreibt. Als sie Ulli davon erzählt, hat der eine höchst abenteuerliche Idee. Wie wäre es, wenn Gabriella Daniels Treue testet? Er hat in einer Zeitung die Anzeige einer Agentur gesehen, die solche Aufträge übernimmt.

Gabriella lässt sich von den beiden überrumpeln. Bereits am nächsten Vormittag stellt sich eine schwarzhaarige Schönheit vor, die als professionelle „Testerin" eben dieser Agentur Männer auf ihre Treuetauglichkeit prüft.

„Eigentlich ist es gemein, Daniel so hereinzulegen!" Gabriellas Gewissen meldet sich, als sie dabei zusieht, wie die „Agentin" Daniel auf dem Tennisplatz anspricht, wo er als Trainer jobbt.

„Finde ich nicht", widerspricht Milli energisch. „Niemand zwingt Daniel schließlich, auf diese Anmache einzugehen. Und wenn er es doch tut, weißt du wenigstens ein für alle Mal Bescheid! Aber du hast ganz umsonst Angst, Daniel wird nicht auf sie hereinfallen!"

Genau das bestätigt die Dame von der Agentur wenig später. „Sie können froh sein, dass sie so ein treues Exemplar abbekommen haben. Viele meiner Testpersonen reagieren normalerweise ganz anders!"

Erleichtert erkundigt sich Gabriella nach der Rechnung für den ungewöhnlichen Einsatz und weder sie noch Milli merken, dass Daniel zurückgekommen ist, um ein vergessenes Handtuch zu holen. Er traut seinen Ohren nicht, als er zufällig ausgerechnet diesen Teil der Unterhaltung aufschnappt. Wütend stellt er Gabriella zur Rede.

„Was hast du von mir erwartet? Dass ich mit der Tante rumknutsche? Bist du eigentlich noch zu retten?"

Gabriella kann verstehen, dass Daniel sauer ist. Diese hirnrissige Idee war auch wirklich das Letzte! Warum hat sie sich darauf eingelassen?

„Weil du wissen wolltest, ob Daniel dich wirklich liebt!", erinnert Ulli sie trocken. „Na, bitte, jetzt weißt du es. Er ist doch nur wütend, weil du ihm nicht vertraut hast! Je eher du ihm erklärst, dass du nur aus Unsicherheit wegen seiner Affäre mit Natascha auf diesen Treue-Test gekommen bist, desto eher wird er sich beruhigen!"

Nicht ganz überzeugt macht sich Gabriella ins „no limits" auf und Daniel ist prompt noch immer böse auf sie.

„Was planst du als Nächstes?", erkundigt er sich beleidigt. „Hetzt du mir ein Model auf den Hals? Ich kann meinen Fehler nicht ungeschehen machen, aber er gibt dir nicht das Recht zu denken, dass ich mit jeder ins Bett springe, sobald sich eine Gelegenheit dazu ergibt. Warum stellst du mir billige Fallen, statt offen und ehrlich zu sein?"

Gabriella sieht ihm traurig nach, während er sich um die Gäste kümmert. Er hat Recht! In Punkto Dummheiten sind sie jetzt eigentlich quitt. Aber wie soll es weitergehen? Die Ratschläge aus ihrem Freundeskreis haben die Schwierigkeiten nur vergrößert. Dieses Mal wendet sie sich lieber an Arno Brandner. Er vertritt ein bisschen die Vaterstelle bei ihr und seine Ansichten sind ganz und gar nicht altmodisch.

„Warum wirfst du nach dem ersten Fehlschlag gleich die Flinte ins Korn?", fragt er sanft. „Wenn du Daniel wirklich liebst, musst du ihn dir zurückerobern!"

„Aber er hat mich eiskalt abblitzen lassen!", klagt Gabriella eingeschnappt.

„Na und? Wenn du nicht auf ihn verzichten möchtest, musst du das wegstecken! Nur Mut, du bist doch ein tapferes Mädchen!"

Gabriella sieht das anders. Ihr klopft das Herz bis in die Kehle hinauf, als sie sich an Daniels Fersen heftet und ihn im Stadtpark beim Judo-Training stört. Sie stellt sich so nahe vor ihn, dass er ihr nicht ausweichen kann. Er könnte sich höchstens die Ohren zuhalten, aber das wäre natürlich kindisch. Also muss er ihr gezwungenermaßen zuhören, stumm und mit unbewegtem Gesicht. Erst als sie ihm versichert, dass sie künftig bereit ist, alle Probleme mit ihm zu besprechen und auf seine Art zu lösen, öffnet er den Mund.

„Wie willst du das anstellen?", fragt er neugierig.

Gabriella versucht die Judo-Grundstellung einzunehmen, an die sie sich aus den Anfängen ihrer Freundschaft erinnert, dann imitiert sie einige Bewegungsabläufe aus den Entspannungsübungen, die sie damals in Daniels Selbstverteidigungskurs gelernt hat.

Daniel grinst. Sie hebt die Fäuste und sieht aus wie ein kleiner Kobold. Ein Clown mit blitzenden Augen

Gabriella ist viel zu niedlich, um ihr lange böse zu sein, findet Daniel.

und fliegenden Locken. Ist er so verrückt, sie gehen zu lassen? Ein solches Mädchen?

„Wir müssen ja nicht unbedingt einen Wettkampf austragen …", sagt er langsam und zieht sie nach einem letzten Zögern in seine Arme.

„Ich liebe Wettkämpfe, die so enden!", seufzt Gabriella glücklich und erwidert seinen Kuss. Dieses Mal wird sie nicht so dumm sein, ihre Beziehung zu Daniel wieder aufs Spiel zu setzen!

Ein Schwur, den offensichtlich auch Daniel in ähnlicher Weise geleistet hat, denn er ist in den nächsten Tagen extrem zurückhaltend.

„Klar, ist es schön zusammen zu sein, sich zu küssen und miteinander herumzualbern. Aber ich möchte schon mehr!", gesteht Gabriella im Freundinnen-Gespräch mit Milli. „Dummerweise weiß ich nicht, wie ich ihm das zeigen soll, nach all den Missverständnissen …"

Milli prüft ihre eigenen Erfahrungen. „Lade ihn zu einem romantischen Date ein, dann ergibt sich alles bestimmt ganz von selbst!"

Das klingt überzeugend und da die Sommersonne vom Himmel brennt, zieht Gabriella einen einsamen Waldsee für ihren Plan in Erwägung. Dummerweise entpuppt sich der „Geheimtipp" als Flop. Die Wegbeschreibung, die sie von einer Mitstudentin erhalten hat, führt sie durch jede Menge Natur, aber nicht ans Wasser. Immerhin, die einsame Waldwiese, von Vogelgezwitscher erfüllt und absolut ohne störende Mitmenschen ist auch nicht schlecht. Eine Decke haben sie dabei ...

Gabriellas Hand hat sich bereits unter Daniels T-Shirt verirrt und ihre Bluse steht offen, als sie eine barsche Männerstimme in die Wirklichkeit zurückholt. „Was soll das denn?"

Mit einem leisen Aufschrei zieht Gabriella ihre Bluse wieder zu, während der Förster ihnen eindringlich den Unterschied zwischen einer Waldwiese und einer Spielwiese erläutert. So ein Dödel!

„Was machen wir nun?" Irgendwie haben sie beide das Gefühl, etwas begonnen zu haben, das sie gerne zu Ende bringen möchten.

„Wie wäre es mit meinem Pensionszimmer?", schlägt Daniel vor und Gabriella sieht betreten zu Boden.

„Also weißt du, nachdem du da mit Natascha ..."

„Okay, natürlich ... das verstehe ich ... Tut mir Leid!"

Gabriella will keinen alten Streit aufwärmen. „Wie wäre es mit meinem Zimmer bei den Brandners?", schlägt sie deswegen vor. „Arno ist mit seiner neuen Freundin unterwegs und Steffi und Philipp sind ständig auf Achse!"

„Klingt gut!", freut sich Daniel.

Doch auch im Hause Brandner ist ihnen keine Ruhe vergönnt. Erst platzt Philipp dazwischen, der sich noch umziehen möchte und dann rauscht Steffi ins Zimmer, als Daniel gerade nach einem Kondom angelt. Danach ist die Stimmung hinüber. Dass Arno sich zu allem Überfluss auch noch als Heimwerker betätigt und die Wände unter ihnen perforiert, ist lediglich das Pünktchen auf dem I.

„O Gott!", gluckst Milli, als sie von den gesammelten Fehlschlägen erfährt. „Ihr Armen! Und jetzt?"

„Etwas Gutes hatte die Sache", lacht Gabriella mit. „Jetzt weiß ich wenigstens, dass mich Daniel aufrichtig liebt. Jeder andere hätte bei so viel Pech längst die Flucht ergriffen!"

„Und wie geht es weiter?"

„Ganz einfach! Wir werfen unsere Kohle zusammen und mieten uns ein schickes Hotelzimmer!"

Doch dieser Entschluss hat auch seine Tücken. Gabriella läuft knallrot an, als der Hotel-Empfangschef seine jungen Gäste von oben bis unten mustert und durchklingen lässt, dass sie vielleicht gar nicht genügend Geld für eines von seinen Luxuszimmern haben. Daniel bleibt cool und blättert souverän die nötigen Scheine auf den Tisch. Wenig später schließen sich leise seufzend die Türen des piekfeinen Aufzugs hinter ihnen.

„Ich hoffe nur, der Typ schickt uns nicht im falschen Moment den Zimmerservice auf den Hals", lacht Daniel.

Gabriella will kein weiteres Risiko mehr eingehen. Sie mustert nachdenklich die Bedienungsleiste des verspiegelten Liftgehäuses und drückt kurz entschlossen auf den Stoppknopf. Zwischen Himmel und Erde sind sie in Sicherheit! Hier kann sie garantiert niemand stören! Daniel staunt nur so lange, bis Gabriella ihn zu küssen beginnt. Ihre Hände bringen ihn systematisch um den Verstand und nur ganz vage bekommt er mit, dass da ein Ruck ist und sich die Lichtverhältnisse ändern.

Ein lautes Räuspern lässt sie auseinander fahren und dann blicken sie in das ungerührte Gesicht des Empfangschefs, der in der offenen Lifttür steht. Erst mit Verzögerung wird Gabriella klar, was er sagt. Demnach gibt es Überwachungskameras für jeden Lift und die Security hat diesen Kleiderständer gebeten, nach dem Rechten zu sehen. Nicht auszudenken, wenn Daniel ihr die Bluse ganz ausgezogen hätte!

Erst als sich die Zimmertür hundertprozentig geschlossen hat, wagt Gabriella sich zu entspannen. Daniel grinst bis über beide Ohren.

„Sieh mal!" Er hält ein rotes Schildchen für den Türknauf hoch, auf dem in weißen Buchstaben „Bitte nicht stören!" steht. „Das hängen wir auf, damit wir endlich ungestört allein sein können!"

„Du meinst, das wirkt?", erkundigt sie sich argwöhnisch.

„Das ist ein Luxus-Hotel, da gehört das zum Service!", versichert Daniel und küsst sie auf den Nacken.

Verbotene Liebe – Lovestorys

Hallo liebe Leserin, lieber Leser,

wie gefällt dir dieses Buch? Deine Meinung dazu interessiert uns sehr. Wir freuen uns über jede Idee und Anregung, damit wir die Bücher in Zukunft noch besser machen können. Bitte sende uns diese Karte bald zurück – **Danke!**

1. Wie bist du auf dieses Buch aufmerksam geworden?

○ durch eine Anzeige   ○ durch Freunde   ○ sonstiges: _____
○ durch TV-Werbung   ○ im Laden gesehen

2. Aus welchem Grund hast du dich für dieses VL-Buch entschieden? (2 Antworten möglich)

○ weil ich alle Bücher zu Verbotene Liebe kaufe
○ weil ich es toll finde, mehrere VL-Kurzgeschichten in einem Buch zu haben
○ weil ich es klasse finde, ein Buch mit Fotos zu haben
○ weil es mir empfohlen wurde
○ sonstige Gründe: _____

3. Wie gefällt dir dieses Buch? (Bitte vergib Schulnoten von 1-6)

	Note 1 sehr gut	Note 2 gut	Note 3 befr.	Note 4 ausr.	Note 5 mangelh.	Note 6 ungen.
Buch insgesamt	○	○	○	○	○	○
Titelbild	○	○	○	○	○	○
Geschichte „Kati & Heiko"	○	○	○	○	○	○
Geschichte „Ulli & Milli"	○	○	○	○	○	○
Geschichte „Henning & Carolin"	○	○	○	○	○	○
Geschichte „Gabriella & Daniel"	○	○	○	○	○	○
Fotos	○	○	○	○	○	○

4. Was gefällt dir an diesem Buch besonders gut? _____

5. Was gefällt dir an diesem Buch nicht so gut? _____

6. Welche anderen Verbotene Liebe-Bücher hast du bereits gelesen? _____

7. Auch im Herbst soll es wieder ein VL-Buch geben. Wie gut gefallen dir die folgenden Ideen?

	Note 1 sehr gut	Note 2 gut	Note 3 befr.	Note 4 ausr.	Note 5 mangelh.	Note 6 ungen.
VL-Tagebuch zum Reinschreiben	○	○	○	○	○	○
VL-Taschenkalender	○	○	○	○	○	○
VL-Lovestorys	○	○	○	○	○	○
VL-Abreißkalender	○	○	○	○	○	○
VL-Notizbuch	○	○	○	○	○	○
VL-Roman	○	○	○	○	○	○
VL-Horoskopbuch	○	○	○	○	○	○
VL-Kochbuch	○	○	○	○	○	○

8. Gibt es noch eine andere Idee, die du dir wünschst, wir aber vergessen haben?

_____

Gebühr
bezahlt
Empfänger

9. Seit wann siehst du die Serie VL an ? ....
(z.B. seit 2 Jahren, 1/2 Jahr ...)

10. Wer ist bei VL dein Lieblingsschauspieler? ....
Wer ist bei VL deine Lieblingsschauspielerin? ....

11. Welche Geschichte gefällt dir zur Zeit am Besten? ....

12. Wie heißen die beiden Bücher, die du vor „Verbotene Liebe-Lovestorys" gelesen hast? Buch 1: ....
Buch 2: ....

13. Welche 3 Serien oder Sendungen schaust du im Fernsehen am liebsten an? 1. .... **2.** .... **3.** ....

Antwortkarte

Dino entertainment AG
Roman-Befragung
Rotebühlstraße 87

70178 Stuttgart

Vor- und Nachname

Straße / Hausnummer

PLZ / Wohnort

Bundesland

Telefonnummer

Geburtsdatum   ○ männlich ○ weiblich

Es kribbelt hinreißend und Gabriella vergisst ihre Vorbehalte, Ängste und Zweifel. Daniel ist einfach der richtige Junge, im richtigen Moment, am richtigen Ort. Die einzige Frage, die sie danach noch beschäftigt, während sie eng aneinander gekuschelt im dem gigantischen Kingsize-Bett liegen, ist die: Warum haben sie mit etwas so Wunderbarem nur so lange gewartet …

Der Zufall hilft nach, damit zwei Dickköpfe am Ende doch noch einen neuen Anfang machen können.

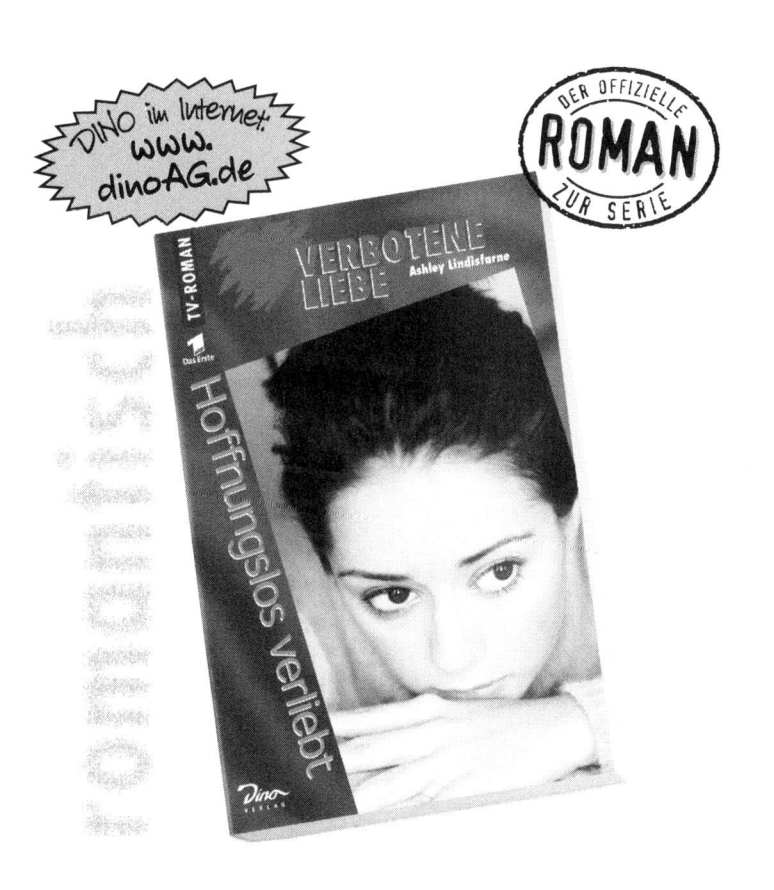

Milli ist hoffnungslos verliebt, in Nick, den Freund ihrer Schwester Steffi. Auch Nick mag Milli, und eines Tages kommen sich die beiden gefährlich nahe. Doch Nick entscheidet sich für Steffi. Wirklich endgültig?

Der Roman zur beliebten Serie im Ersten

Liebe sagt das Herz
Angst sagt der Bauch

Das „erste Mal" für Lara und Oliver – von beiden erzählt

Als Lara Oliver zum ersten Mal im Schwimmbad sieht, ist es um sie geschehen: Herzklopfen, zittrige Knie, heftiges Kribbeln im Bauch – eben alle Symptome der ersten großen Liebe. Aber wie ist es mit Oliver? Denn der hat eigentlich ganz andere Probleme. Und die Angst vor dem ersten Mal sitzt bei beiden tief ...

Band 3 der erfolgreichen Reihe „Liebe sagt das Herz ..."

Tanja ist auf der Suche: nach dem richtigen Job, nach der großen Liebe, nach ihrem Platz in der Welt. Und sie hat so viele Träume! Sie bekommt einen Ausbildungsplatz, wird aber am Ende ihrer Lehrzeit arbeitslos. Sie zieht bei ihren Eltern aus und mit ihrem Freund zusammen. Sie glaubt, in Felix den Mann fürs Leben gefunden zu haben, und verliebt sich plötzlich in einen Anderen. Das Chaos ist perfekt. Und es ist wirklich nicht leicht, immer die richtige Entscheidung zu treffen. Nur gut, dass Tanja ihr Tagebuch hat.

Nachzulesen in:

tanja – Lust auf Leben, Band 1 • tanja – Lust auf Leben, Band 2

Die Romane zur erfolgreichen Serie im Ersten

romantisch

TV-ROMAN
GUTE ZEITEN SCHLECHTE ZEITEN

DER OFFIZIELLE ROMAN ZUR SERIE

Anna Leoni

Schmetterlinge im Bauch

Endlich haben sie sich gefunden! Marie und Kai sind das neue Traumpaar bei GZSZ. Herzklopfen, der erste Kuss, Schmetterlinge im Bauch – wir erzählen, wie sich die beiden verliebt haben ...

Der Roman zur erfolgreichen RTL-Serie